AN LEABHAR CRAICINN

Tuilleadh leabhar Gaeilge le fáil ó Evertype

An Leabhar Nimhe (Panu Petteri Höglund, 2012)

Cú na mBaskerville
(Arthur Conan Doyle, aist. Nioclás Tóibín, 2012)

An Hobad, nó Anonn agus Ar Ais Arís
(J. R. R. Tolkien, aist. Nicholas Williams, 2012)

Sciorrfhocail (Panu Petteri Höglund, 2009)

Lastall den Scáthán agus a bhFuair Eilís Ann Roimpi
(Lewis Carroll, aist. Nicholas Williams, 2009)

Cuiart na Cruinne in Ochtó Lá
(Jules Verne, aist. Torna (Tadhg Ua Donnchadha), 2009)

Eachtraí Eilíse i dTír na nIontas
(Lewis Carroll, aist. Nicholas Williams, 2007)

AN LEABHAR CRAICINN

Scéalta earótacha

Panu Petteri Höglund
a scríobh

Mathew Staunton
a mhaisigh

evertype
2013

Arna fhoilsiú ag Evertype, Cnoc Sceichín, Leac an Anfa, Cathair na Mart, Co. Mhaigh Eo, Éire. *www.evertype.com.*

Tá taifead catalóige don leabhar seo le fáil ó Leabharlann na Breataine.
A catalogue record for this book is available from the British Library.

ISBN-10 1-78201-027-0
ISBN-13 978-1-78201-027-2

Dearadh agus clóchur: Michael Everson.
Warnock Pro, DejaVu Sans Mono, agus Colo Pro na clónna.

Maisiúcháin: Mathew Staunton.

Clúdach: Michael Everson.
Grianghraf le Jasmin Merdan, Sairéavó na Boisnia-Heirseagaivéine, *www.dreamstime.com/zurijeta_info.*
Grianghraf Phanu le Ruth Gaughan, Londain.
www.magpiephotographic.com.

Arna chlóbhualadh ag LightningSource.

CLÁR

GORMFHLAITH

Bhí Gormfhlaith ag coinneáil súile ar an bhfear úd le dhá bhliain anuas, ar a laghad. B'ar éigean ab fhéidir leat a rá go raibh sé as an ngnáth ó thaobh na cosúlachta de cé go n-aithneofá ar a chuntanós ar an toirt gur fear geanúil gealgháireach a bhí ann. An t-iompar a bhí faoi, sin é an rud a tharraing aird an chailín air an chéad uair riamh. Ní raibh sí ábalta cur síos a thabhairt ar an iompar sin, ach nuair a thug sí faoi deara é, níorbh fhéidir léi radharc a rosc a thógáil de mo dhuine ní ba mhó. Cad é a bhí chomh speisialta sin? Bhuel is dócha go raibh sé compordach go hiomlán faoina cholainn féin, faoina chollaíocht féin agus faoina raibh ina thimpeall, agus ar ndóigh chaithfeá sonrú a chur sa chineál ban a d'fheicfeá ina chuideachta. Bhí focal cairdiúil ceanúil aige le gach cailín, agus é ag spallaíocht go haoibhiúil le pé bean a raibh cuid a bhoid inti, ach san am chéanna ní raibh sé ag iarraidh é féin a chur chun tosaigh uirthi. Fear séimh a bhí ann agus sin a raibh de.

Bhí Gormfhlaith ag druidim chun tríocha bliain d'aois cheana féin, agus fir ag cur suime inti gach lá, ach mar sin féin bhí sí ina haonar, agus níor shín sí le fear ar bith riamh. Agus an méid sin ráite bhí suim thar na bearta aici i gcúrsaí craicinn agus i ngrá. B'fhéidir gurbh é an ragús fiánta fíochmhar sin a d'fhág ina haonar í, nó bhí faitíos uirthi féin roimh na duibheagáin drúise a d'aithin sí in íochtar dorcha a croí. Is follasach nár thrácht a tuismitheoirí ar na cúrsaí seo léi riamh agus í ag teacht i mbun a méide. Shílfeá gurb ón ngaoth a fuair a máthair í. Is éard a bhí i gceist leis an gcollaíocht mar rud, dar le Gormfhlaith, ná pluais dhuairc dhomhain agus na sluaite deamhan ina gcónaí istigh ansin, nó arrachtaigh gan ainm gan chiall. Chonacthas di go rachadh na harrachtaigh sin go léir chun cearmansaíochta uirthi dá ligfeadh sí scód lena fonn craicinn i gcomhluadar fear ar bith, agus nach bhféadfadh sí féin ná an fear iad a cheansú.

Ach nuair a casadh an fear áirithe sin uirthi ba chuma léi faoi na deamhain, ar acht gurb ina chuideachta-san a scaoilfeadh sí leo. Bheadh seisean in ann iad a láimhseáil, agus ní bheadh eagla airsean rompu. Conas a bhí a fhios ag Gormfhlaith é? Dá gcuirfeá an cheist sin uirthi ní bheadh sí féin in ann freagra ceart a thabhairt duit. Is é an cineál rud a chloisfeá uaithi ná gur chéadfaigh sí go hinstinneach é. Gur aithin sí ina hainneoin féin é.

Lá de na laethanta áfach tháinig athrú ar na cúrsaí, agus sin é an scéal féin atá le hinsint agam anois.

Bhí tuirse ar Ghormfhlaith i ndiaidh lá trom oibre, agus tamall scíthe de dhíth uirthi ag snáthadh caife agus ag léamh nuachtán. Chuala sí iomrá ar áit dheas úroscailte ina raibh na páipéir go léir ar fáil do na custaiméirí agus cineálacha éagsúla caife agus tae ar díol, do rogha blas go bunúsach. Tigh Bhriain Mháirtín, sin é an t-ainm a bhí ar an áit.

Bhí Gormfhlaith díreach ar tí Tigh Bhriain Mháirtín a bhaint amach, nuair a chuir sí sonrú i siopa nach raibh súil aici lena leithéid sa chathair seo ar aon nós. Muise, siopa craicinn a bhí ann! Chonaic Gormfhlaith tonnchreathairí agus boid bhréige ar taispeántas sa chéad fhuinneog, agus irisí pornagrafaíochta chomh maith le dioscaí digiteacha sa cheann eile. Mhothaigh sí cathuithe ag teacht uirthi, nó cé go raibh ábhar den chineál sin ar fud an Idirlín, ní fhaca sí scannán craicinn ná grianghraf pornagrafaíochta riamh, chomh heaglach is a bhí sí roimh a ragús féin.

Ní raibh aon duine de lucht a haitheantais le feiceáil máguaird, agus mar sin chinn sí ar bhualadh isteach i bpálás an pheaca.

Le fírinne ní raibh súil aici le chomh néata, chomh cluthair is a bhí an áit taobh istigh. Bhí lánúin amháin ann chomh maith le beirt ghirseach a bhí timpeall ar fiche bliain d'aois agus fear réasúnta óg a raibh culaith dhubh leathair air. Bhain sé lán a shúl as Gormfhlaith agus tháinig aoibh gháire air, nó thaitin sí leis gan aon agó. Cé go raibh sé ag caitheamh na culaithe sin ba é an chéad tátal a bhainfeá as an ngnúis a bhí air gur duine lách cineálta cairdiúil a bhí ann, nó fiú sórt cotúil, ach mar sin féin sheachain Gormfhlaith é, toisc go raibh sórt coimhthís uirthi roimh lucht na gcultacha leathair. Níorbh é ceangal na gcúig gcaol an rud ba mhó a bhíodh ar a hintinn agus í ag cuimilt a pise féin faoi choim na hoíche.

Bhí na cailíní óga go deas freisin, nó saghas barrúil, agus iad ag ábhaillí leis na hearraí agus ag sciotaíl gháire. Le fírinne ba mhór an faoiseamh é do Ghormfhlaith nach raibh an siopa seo chomh scanrúil is mar a shíl sí ar dtús.

Ba iad na tonnchreathairí ba mhó a tharraing a súil, agus thosaigh sí ag déanamh staidéir orthu. D'aithin sí tonnchrith deas taobh istigh dá faighin cheana féin, agus í ag smaoineamh ar na rudaí a dhéanfadh sí le sás den chineál sin. Ach, an bhféadfadh sí ceann acu a cheannach?

"Heileo, a stór. An féidir liom cuidiú leat? Cad é atá ag teastáil uait?"

Ba í cailín an tsiopa í. Bhí sí ar comhaois le Gormfhlaith féin, agus í ag caitheamh culaith thrédhearcach a raibh didí a cíoch le haithint fúithi. Ghlac Gormfhlaith cineál trua léi ar dtús, ach de réir dealraimh bhí sí compordach leis an gculaith, agus í chomh tíriúil teanntásach is nach raibh deora aon duine eile de dhíth uirthi.

"Bhuel shíl mé go dtiocfadh tonnchreathaire isteach áisiúil," arsa Gormfhlaith. "Ach ní raibh ceann agam riamh roimhe seo."

"Nach raibh?" arsa an bhean. "B'fhéidir go mbainfeá triail as Pilib a Trí."

"Pilib a Trí?" a dúirt Gormfhlaith, agus iontas uirthi.

"Sea, Pilib a Trí. An tríú déanamh tonnchreathaire a tháinig ó Philibín Teoranta.... Déarfainn go bhfuil a mhéid oiriúnach do gach bean, agus is féidir leat an luas a athrú leis an murlán seo. Agus thig leat cadhnraí cúltaca a cheannach anseo agus i ngach uile shiopa earraí leictreacha. Rud amháin fós, má bhíonn tusa

agus banchara leat ag baint úsáide as an tonn-
chreathaire céanna is fearr daoibh coiscín a chur air
mar a bheadh fíorbhod fir ann, nó ní féidir a bheith ina
mhuinín go bhfuil an plaisteach seo frithbhaictéarach.
Ar ndóigh is féidir leat an bod bréige a scor den inneall
agus a ní as uisce, ach ní hionann sin is na frídíní go
léir a mharú. Is fearr duit glacadh leis mar phrionsabal
nach dtugann tú áis ná iasacht an tonnchreathaire
d'aon bhean eile ar aon nós. Ní cheadófá di a cuid fiacla
a ghlanadh le do scuaibín ach an oiread."

Tháinig sé aniar aduaidh ar Ghormfhlaith chomh
dáiríre a ghlac bean an tsiopa í, mar neach collaí. Cé
gur shíl sí gurbh éadócha di blas a fháil ar mhná sa
leaba nó ar mhórscléipeanna craicinn bhí sí buíoch
beannachtach as na comhairlí stuama praiticiúla le
haghaidh a leithéide freisin. Cheannaigh sí an tonn-
chreathaire, foireann cadhnraí mar chúltaca, agus
coiscíní. Chuir bean an tsiopa diosca digiteach sa
mhála phlaisteach in éineacht leis an stuif eile.

"Ó shroich luach do chuid earraí an tsuim áirithe seo
airgid, gheobhaidh tú an bronntanas breise seo," ar sise.

"Cad é atá ann?" a d'fhiafraigh Gormfhlaith.

"A dhath as an ngnáth i ndáiríre," arsa cailín an tsiopa,
"réasúnta rómánsúil, fiú, níl ann ach lánúineacha ag
bualadh craicinn, chomh maith le cúpla grúpa, mar is
iondúil."

Ag fágáil slán ag bean an tí di mhothaigh Gorm-
fhlaith sceitimíní deasa ag teacht uirthi agus í ag
déanamh a marana ar an sult a bhainfeadh sí as an
tonnchreathaire.

Ach ar ndóigh, nuair a tháinig sí amach as an siopa craicinn, cé a chonaic sí os a comhair ina steillebheatha ach An Fear féin!

Tháinig luisne ina haghaidh agus baineadh geit aisti, ach má bhí sí fágtha gan focal le teann náire, ba chuma leis an bhFear faoi. Labhair sé léi go réidh réchúiseach, mar ba dual dó riamh.

"Heileo, a Ghormfhlaith. Cad é mar atá tú?"

Is ar éigean má d'éirigh léi focal ar bith a rá, ach ar a laghad bhí sí ábalta meangadh cairdiúil gáire a chur uirthi féin leis an bhFear.

"An dtiocfá go Caifé Thomáisín Fheidhlimí liom, a Ghormfhlaith? Shíl mé nár mhiste na páipéir a léamh os cionn cupán caife agus brioscaí."

Tháinig Gormfhlaith chuici an oiread is a bhí sí in ann freagra a thabhairt. "Mé féin bhí mé ag brath ar aithne a chur ar Thigh Bhriain Mháirtín," ar sise.

"An áit atá i mbéal an phobail," a dúirt an Fear. "Ceart go leor, ach le fírinne is baolach go mbeidh an iomarca daoine ansin romhainn nuair a bhainfeas muid amach é."

"An raibh tú ansin cheana?" a d'fhiafraigh Gormfhlaith. Ba mhór an faoiseamh a bhí ann di nach raibh an Fear ag spochadh faoi na hearraí a cheannaigh sí sa siopa craicinn. Le fírinne ní dhearna sé trácht orthu ar aon nós ná slí.

"Bhí muis," arsa an Fear. "Níl caill ar bith ar an atmaisféar, ach uaireanta b'fhearr liom féin beagáinín suaimhnis i mo thimpeall. Cuireann plódú na háite isteach orm, scaití."

"An gcuireann?" arsa Gormfhlaith, agus iontas áirithe uirthi. "A mhalairt a shílfinn féin, chomh timpeallaithe a bhíos tú ag do chuid ban."

Tháinig draothadh leathbhrónach gáire ar an bhFear. "Is ar éigean is féidir a rá gurb iad 'mo chuid ban' iad."

"Conas sin?" arsa Gormfhlaith.

"Tá a fhios agam na ráflaí agus na luaidreáin a bhíos ag imeacht, gur togha tollaire agus fear mór leagtha ban mise," a dúirt an Fear. "Ach anois, creid uaim nach bhfuil ach an deichiú cuid acu in aon chóngar don fhírinne. Ná bain an tátal mícheart asam, is maith liom cuideachta na ngirseach sin, ach ní bhíonn a dhath thar an ngnáthspallaíocht phlatónach ar siúl idir mise agus a bhformhór."

"A bhformhór," arsa Gormfhlaith agus sciotaíl bheag gáire ar coipeadh ar a liopaí, "ach maidir leis an mionlach—"

"Bhuel bhí sórt scéalta grá agam le cúpla bean acu leis na blianta beaga anuas ceart go leor, ach nach mbíonn saol collaí de chineál éigin ag cách?"

Ansin sceith Gormfhlaith an fhírinne ina hainneoin. "Ní bhíonn agamsa."

"Nach mbíonn?" arsa an Fear. "Chomh dathúil is atá tú shílfeá go bhfuil an saol mór ar fad ag iarraidh an coimeadar a chur ort." Dúirt sé an méid sin chomh nádúrtha, chomh follasach, is go sílfeá gur ag caint ar an aimsir a bhí sé. Ní raibh bealadh taobh amuigh de ghob aige. Chuaigh na focail sin chomh mór i gcion ar Ghormfhlaith is gur mhothaigh sí deoir bheag bhídeach ag dul lena leiceann.

"An bhfuil mé dathúil? Dáiríre?" ar sise go cairéiseach. Bhí a fhios aici go raibh, ar ndóigh, ach san am chéanna ba mhaith léi an Fear a chloisteáil á dhearbhú.

"Tá, ar ndóigh," ar seisean ar bhealach leath cuma liom. "Tá aghaidh thaitneamhach agus colainn mheall-acach agat. Is beag fear nár chuala mé do do mholadh. Le fírinne is é a mbarúil go léir go gcaithfidh sé go bhfuil fear ag do leithéid cheana féin pé scéal é, agus nach fiú bheith do d'iarraidh amach. Fan leat. Tá Tigh Bhriain Mháirtín díreach anseo. An mbuailfidh muid isteach?"

Bhí an áit plódaithe go maith, díreach mar a taibhsíodh don Fhear. Ní raibh suíochán ar bith ann nach raibh duine éigin ina shuí air cheana féin. Ón taobh eile de bhí ceol deas Gaelach le cloisteáil agus cuma chroíúil ar an áit tríd is tríd.

"Buailfidh," arsa Gormfhlaith. "Is dócha go bhfaigh-idh muid suíochán sa deireadh. Thairis sin tá mé préachta ar fad. Ba mhaith liom mo ghoradh a dhéanamh istigh ansin."

"Go maith," arsa an Fear. "Ar mhaith leat mise an mála plaisteach sin a chur isteach i mo mhála caipéisí féin? Bíonn daoine caidéiseach agus bheadh cuid acu ag scigmhagadh fút dá bhfeicfidís go raibh tú sa siopa craicinn. Tá an bod bréige sin le haithint go róshoiléir."

Tháinig náire ar Ghormfhlaith arís, ach san am chéanna bhí sí breá sásta chomh nádúrtha is a rinne an Fear an tairiscint, agus ghlac sí léi faoi chroí mhór mhaith.

"Tá tú an-chuidiúil, a stór," arsa Gormfhlaith. "Shílfeá go bhfuil tú ag iarraidh cluain a chur orm, tú féin."

"Fút féin atá sé cé acu a ligfeas tú dom an chluain sin a chur ort nó nach ligfidh," arsa an Fear. "Anois is féidir linn dul isteach."

Chuaigh siad isteach mar sin agus ó ba rud é go raibh aithne éigin acu ar chuid mhór acu siúd a fuair siad ansin rompu is iomaí beannú a chuala siad ó gach taobh.

Iontas na n-iontas d'imigh dream daoine leo díreach nuair a tháinig Gormfhlaith agus an Fear isteach, agus mar sin d'fhéad siad suíocháin a ghlacadh gan mhoill, pé plódú a bhí ann tamaillín roimhe sin.

Rug an Fear ar an "Eolaire Siamsaíochta," agus nuair a bhí caife agus brioscaí ag an mbeirt acu, thosaigh sé ag déanamh chomhrá na colpaí faoi na scannáin agus na seónna ceoil a bhí ag imeacht sa chathair. Níor thug Gormfhlaith mórán airde ar a chuid focal, nó bhí sí ag déanamh grinnscrúdú ar a chuid méar agus ag smaoineamh ar an mothú a bheadh iontu agus iad ag cur aithne ar na baill ab íogaire dá colainnse.

Ansin, áfach, chuala sí an Fear ag rá:

"Beidh ceolchoirm ag Pádraigín i Halla Eisirt i gceann seachtaine—"

"Ó muis, Pádraigín," ar sise. "Tá súil agam go gcanfaidh sí 'Coillte Glasa an Triúcha.' Sin é an t-amhrán a chnagas as mo sheasamh mé—"

"Muise," arsa an Fear, "fonn iontach binn atá ann."

"Agus na focail, chomh rómánsúil, chomh hearótach," ar sise, agus í ag meangadh gáire go brionglóideach. M'anam ón diocs mura bhfaca sí gluaiseacht éigin i dtreabhsar an Fhir! Anois nó choíche, a shíl sí. Chrom sí ar a leathchluas-san agus chuir sí an cheist air:

"An dtiocfá abhaile chugam anocht?"

Dar muige dhearg mo dhuine go bun na gcluas, nuair a chuala sé an méid sin. Mar sin féin, choinnigh sé a stuaim agus d'fhreagair sé:

"Nach ortsa atá an deifir!"

Chuir sé uaidh an páipéar agus d'éirigh sé ina sheasamh, agus ansin shín sé lámh chuig an gcailín. Bhí sé ag dul rite le Gormfhlaith é a leanúint, agus an t-éirí craicinn a bhí uirthi. Ní hamháin go raibh a faighin ar maos le glae agus le ramallae, nó bhraith sí go raibh a colainn ar bís ag fanacht leis an aoibhneas. "Colainn ar bharr lasrach"? Ní hea muis. Mothúchán i bhfad ní ba bhreátha a bhí ann ná sin.

Nuair a bhí siad amuigh ag siúl na sráide arís, thug an Fear soncadh séimh di agus dúirt sé léi:

"An mbainfidh muid triail as an ngléas a cheannaigh tú?"

"Is dócha go mbainfidh," a d'fhreagair Gormfhlaith. Bhí a guth ag teip uirthi le teann rachta, ach mar sin féin d'éirigh léi na focail sin a fhuaimniú. Ansin chaith sí tamall beag ina tost agus d'fhiafraigh sí den Fhear:

"Nuair a chonaic tú ag teacht as an siopa sin mé, cad é a shíl tú díom?"

"An drae rud as an ngnáth," ar seisean. "Níl taithí chomh mór agam ar na cúrsaí sin is a shílfeá, ach tá mo chuid féin den tsaol feicthe agam agus d'fhoghlaim mé ar a laghad gur dual do gach uile dhuine fonn craicinn teacht air." Ansin bhobáil sé súil go magúil. "Ach ar ndóigh chuir tú adharc éigin orm."

"Bhuel," ar sise, agus í ag iarraidh bheith chomh neamhbhalbh is a thiocfadh léi, "sa bhaile dúinn gheobhaidh mé radharc ceart ar an adharc sin." Bhí na deora ag teacht léi le teann ragúis. Chuir sí a lámha timpeall cholainn an Fhir, mar a bheadh eagla uirthi go raibh sé ag brath éalú uaithi.

Sa deireadh bhain siad amach a háitse agus chuaigh siad isteach. D'oscail an Fear a mhála caipéisí agus thum sé isteach leathlámh le hearraí craicinn Ghormfhlaith a tharraingt amach. Sciorr gáire neirbhíseach ar Ghormfhlaith nuair a chonaic sí an bod bréige á bheartú ag an bhFear mar a bheadh smachtín péas ann.

"Agus seo an diosca digiteach," arsa an Fear. "Bailiúchán na Lánúineacha, mar a deir sé."

"Dúirt cailín an tsiopa liom gur stuif deas rómánsúil atá ann," a d'fhreagair Gormfhlaith. "Ní bheadh a fhios agam, nó ní fhaca mé ceann acu riamh."

"Níor bhac mé féin leo mórán le fada, ach ar ndóigh ba mhó an t-adhnua iad nuair a bhí mé i mo dhéagóir. Ach is cuma. Cuir ar an seinnteoir é go bhfeice muid in éineacht é."

Chuir Gormfhlaith an diosca ar an seinnteoir, agus ní raibh an chéad ghiobóg i bhfad ag tosú. Bhí stáidbhean óg ard ann agus folt mór dubh aici. Go bunúsach bhí sí ag breathnú cosúil go maith le girseach thipiciúil Ghaelach i bpraidhm a maitheasa, agus ní bhfuair Gormfhlaith deacair í féin a aithint inti.

Ní raibh mórán ag titim amach ar an scáileán amach ón ngnáthchóireagrafaíocht a bhaineas le coimpeart na clainne ag an gcine daonna. Nuair a chonaic Gormfhlaith an bod ag dul isteach is amach, isteach is amach gan stop, stad ná mórchónaí a dhéanamh, baineadh geit aisti agus ba mhór an gheit í, nó go nuige sin ní raibh tuigthe aici i gceart go bhféadfadh daoine a bheith ag bualadh craicinn i ndáiríre. Is é sin, cé go gcaitheadh sí cuid mhaith ama ag tabhairt faoiseamh láimhe di féin agus ag aislingeacht faoi eachtraí leathair, ar bhealach ba dóigh léi nach raibh gníomh na comhriachtana féin á chleachtadh ach ar phláinéad eile, agus nach mbíodh neacha saolta de do chineál féin ina bhun. Anois, áfach, tháinig tuiscint nua aici.

Mhothaigh sí na harrachtaigh agus na deamhain go léir ag éalú as soiléar a hanama, agus ba chuma léi. Bhí an Fear aici anois agus dar muige ba é sin an t-aon rud tábhachtach amháin.

Thosaigh Gormfhlaith ag baint a cuid éadaí di féin agus á gcaitheamh ar fud an tseomra, ach le fírinne ní raibh a fhios aici cad é an rud ba túisce ba chóir di a dhéanamh, nó san am chéanna bhí sí ag pógadh an Fhir, ag iarraidh radharc a fháil ar scáileán an tseinnteora agus ag scaoileadh cnaipí a cuid ceirteacha.

Maidir leis an bhFear, scanraigh an cailín é ar dtús chomh fiánta is a bhí a ragús. Ní raibh súil aige le bean chomh cotúil le Gormfhlaith a bheith ag nochtadh a colainne dó chomh tobann sin, agus coinnle na drúise ag glioscarnaigh ina súile, díreach mar a bheadh tíogar baineann ar dáir inti. Chomh cleachta is a bhí sé leis an gcineál seo súgradh, áfach, ní raibh moill air a cuid póg a fhreagairt ná í a fháscadh chuige, agus de réir a chéile thit a chuid bratóg de, ionas gur mhothaigh Gormfhlaith brú a bhoid taobh istigh dá leis-se.

Ní raibh deifir ar an bhFear é a shá isteach, áfach. D'fhág sé an tonnchreathaire ar an mbord in aice leis an ríomhaire freisin, agus chuir sé isteach méar le tonnchreathanna dá chuid féin a thabhairt don chailín. Bhí sise ag scréacharnaigh le teann aoibhnis, ach nuair a bhraith sí an bod ag teacht isteach an chéad uair, ba dóigh léi go bhfaigheadh sí bás.

Ní bhfuair, áfach. Nuair a chuaigh a colainn trí thine leis an gcéad órgasam, bhí a fhios aici cheana féin go raibh tuilleadh ag teacht. Nó ní raibh an chéad triail bainte acu as an mbod bréige go fóill, agus bhí an chuid ba mhó den oíche fágtha acu fós.

AN RÍOMHGHRÁ

An Chéad Chomhrá

seanleaid: ar mhiste leat dreas comhrá?
cailinog: ní dhéanaim comhrá le seanleads.
seanleaid: nach ndéanann? cén fáth?
cailinog: toisc nach bhfuil ar a n-intinn
  ach craiceann, craiceann agus craiceann!
seanleaid: dáiríre? :-D
cailinog: dáiríre píre fíre!
seanlead: bhuel cad é a bhíos ar intinn na
  bhfear óg mar sin? teoiricí einstein?
cailinog: bhuel ní bhíonn muise... :-D
seanleaid: déarfainnse gurb iad na fir óga
  is mó a bhíos ag smaoineamh ar an
  gcraiceann, nó bíonn siad ag súil leis gan
  stad.
cailinog: agus na seanleads? ;-)
seanleaid: sinn féin, bhain muid deireadh
  súile de cheana.
cailinog: an bhfuil an scéal chomh dona sin?
  :-O

seanleaid: tá. creid uaim. :-(

cailinog: bhuel cén aois tú mar sin?

seanleaid: abraimis go bhfuil mé ag druidim leis an dá scór go tiubh téirimeach. tú féin?

cailinog: shlánaigh mé naoi mbliana déag arú inné.

seanleaid: ar shlánaigh? comhghairdeas!

cailinog: go raibh maith agat :-D

seanleaid: bhuel is dócha go bhfuil ráchairt mhór ort ag na buachaillí.

cailinog: rómhór le fírinne.

seanleaid: bain do shult as a fhad is a mhairfeas sé. maidir liom féin is beag suim nó suiméad a chuir na girseacha ionam riamh, fiú nuair a bhí mé óg.

cailinog: anois, a fhir úd, caith díot an béal bocht sin! cén fáth más ea?

seanleaid: níl mé féin cinnte dháiríre. is dócha go raibh mé chomh tugtha do na leabhair is nach bhfuair mé aithne cheart ar na cailíní riamh.

cailinog: an ndeachaigh tú ag staidéar mar sin?

seanleaid: chuaigh ar ndóigh. d'fhoghlaim mé na seacht dteangacha, mar a déarfá. sin í an tslí bheatha atá agam anois, aistritheoireacht agus teangaireacht.

cailinog: an mbíonn tú ag déanamh teanga do ghrúpaí turasóirí mar sin?

seanleaid: bím uaireanta. céard atá tú féin a dhéanamh?

cailinog: tá mé i mo chúntóir fiaclóra.

seanleaid: an maith leat do jab?

cailinog: is maith, le fírinne. is maith liom aire a thabhairt do dhaoine agus a gcuid scéalta a chloisteáil.

seanleaid: a gcuid scéalta?

cailinog: bhuel cuid acu bíonn fadhbanna éagsúla acu ina saol, agus is gnách leo a racht a ligean leis an mbanaltra, ós rud é go bhfuil a fhios acu nach n-inseoidh mé a gcúrsaí d'aon duine. ní drochrud é dar liom. tá suim agam ina bhfuil le rá acu.

seanleaid: d'fhéadfá leabhar a bhunú ar a bhfuil cloiste agat, nó ar an tuiscint a fuair tú ar an saol ag éisteacht leis na scéalta sin duit.

cailinog: d'fhéadfainn cinnte. ach ar ndóigh chaithfinn na daoine agus a gcuid cúrsaí a chur as aithne sna scéalta.

seanleaid: muise. tá a fhios agat, theastaigh uaimse riamh dul le scríbhneoireacht, ach ní raibh mianach scéil agam. ní raibh cnámha aon scéil agam a bhféadfainn feoil a chur ina dtimpeall. ní raibh ábhar scríbhneoireachta agam, chomh leadránach is a bhíodh mo shaol.

cailinog: bhuel cad é do scéal féin? má d'fhoghlaim tú teangacha ní mór go bhfaca tú cuid mhór den tsaol ar an gcoigríoch, agus go bhfuair tú aithne ar dhaoine ansin ina dteanga féin. d'fhéadfá scéal a bhunú ar an gcineál sin saoltaithí.

seanleaid: bhí mé ar an gcoigríoch ceart go leor, ach má bhí féin ní raibh ann ach cúrsaí agus léachtanna agus foghlaim.

cailinog: nach raibh a dhath eile ann? nach bhfuair tú aithne ar na cailíní áitiúla? ;-)

seanleaid: ar éigean má fuair.

cailinog: ar chaith sibh an t-am ar fad i scoil na teanga mar sin?

seanleaid: bhuel bhíodh cead ár gcos againn tráthnóna, ach ba leasc liom an iomarca siúil a dhéanamh i gcathair choimhthíoch. bhí eagla orm is dócha go n-ionsódh drong éigin mé.

cailinog: agus teanga na háite agat? cogar anois a fhir, caithfidh sé gur cladhaire amach is amach a bhí ionat.

seanleaid: bhí muis. ón taobh eile de áfach d'imigh cuid den chladharthacht díom i rith na dturasanna sin.

cailinog: bhuel is maith an rud é sin ar a laghad. ach abair liom anois, nach raibh cailín nó cumann grá nó fiú craicinn ar bith agat ar an gcoigríoch?

seanleaid: ní raibh. bhí an iomarca eagla orm roimh na galair ghnéis, an easpa imdhíonachta san áireamh.

cailinog: nach raibh coiscíní agat?

seanleaid: bhí ar ndóigh, ach tá a fhios agat nach ngéilleann gach eagla don réasún.

19

cailinog: ní ghéilleann muise, ach tá a fhios agat, sílim nach roimh na galair ghnéis a bhí eagla ort, ach roimh rud éigin eile.

seanleaid: tá an ceart agat. bhí eagla orm go dtitfinn i ngrá agus nach seasfainn an scarúint dhosheachanta ina dhiaidh sin. nó, an rogha eile, go mbainfinnse agus an cailín triail as a bheith i gcumann grá le chéile thar an míle ciliméadar, agus nach mbeadh ann ach comhfhreagraíocht sheasc gan chraiceann, rud a raibh mé róchleachtach air.

cailinog: róchleachtach?

seanleaid: róchleachtach muise. nuair a bhí mé i mo bhuachaill óg, ba léir dom ó thús nach mbeadh aon bhean de ghirseacha na háite sásta siúl amach liomsa agus go gcaithfinn dul thar baile amach ar lorg comhluadair, cumainn agus craicinn. mar sin agus ar an ábhar sin thosaigh mé ag freagairt d'fhógráin ó chailíní a raibh cara pinn uathu.

cailinog: nár éirigh leat aon bhean acusan a fháil in eangaigh mar sin?

seanleaid: níor éirigh muis. tá a fhios agat cinnte an rud a deirtear leo siúd atá róthugtha do Star Trek nach bhfuil?

cailinog: "faigh saol duit féin," ar ndóigh. an raibh andúil agat féin i Star Trek mar sin?

seanleaid: bhuel níor thosaigh mé ag
féachaint ar Star Trek ach cúpla bliain ó
shin i ndáiríre, ach ar bhealach bhí mé
cineál cosúil leo siúd a bhíonn ag
síorphlé le rudaí ar nós Trek, ach amháin
go mbíonn comhluadar a chéile ag lucht
adhartha Trek féin ar a laghad. me féin ní
raibh agamsa ach na teangacha agus na
leabhair. déanta na fírinne an chéad bhean
ar chaith mé oíche leathair léi bhí sí i
bhfad ní ba tugtha don Trek ná mise.

cailinog: conas a bhí sí? inis dom! :-D

seanleaid: bhí sí cúig bliana fichead san
am, agus í díreach tar éis an chéad bhlas
a fháil ar an gcraiceann. bhí sí ina
maighdean ar fad roimhe sin, ach nuair a
casadh orm féin í bhí sí ag baint a suilt
as an saol le héiric na mblianta caillte a
fháil.

cailinog: muise :-D caithfidh sé go raibh sí
te teolaí ar fad.

seanleaid: d'fhéadfá a rá :-D bhí sí meáite
ar thriail a bhaint as fir, mná, agus as
an dá chineál san am chéanna.

cailinog: cad é a rinne sibhse mar sin? ;-)

seanleaid: bhuel is beag rud as an ngnáth a
rinne muid dáiríribh. chuaigh muid faoi
chith in éineacht ar dtús, agus sinne ag
cuimilt a chéile. is cuimhin liom fós
chomh deas is a bhí a droim faoi mo chuid
méar. thaispeáin sí dom cá háit a
gcuirfinn mo smig ar íochtar a boilg, le

go mbeinn ag brú ar uachtar a broinne.
dúirt sí gur dheas léi smig an duine eile
a mhothú ansin. rinne mé mar a threoraigh
sí, agus de réir dealraimh bhain sí an-
sult as.

cailinog: ó, go deas ar fad :-D agus ansin?

seanleaid: bhuel chuir mé méar isteach a
faighin agus thosaigh mé ag tabhairt
faoiseamh láimhe di. agus arís thaitin sé
léi go mór mór.

cailinog: ní bheinn ag súil lena mhalairt
:-) agus ansin?

seanleaid: nach tusa atá fiosrach ;-) bhuel
ní raibh ann ansin ach an gnáthrud, is é
sin, bhí muid a bualadh craicinn go dtí go
raibh muid róthuirseach.

cailinog: an raibh sí dathúil?

seanleaid: ní raibh sí dathúil ná míofar.
bhí ceannaithe lácha cineálta aici. bhuel
bhí meáchan thar an riachtanas aici
d'fhéadfá a rá, ach ní raibh sí ramhar ná
murtallach go díreach. ní raibh caill ar a
colainn i ndiaidh an iomláin, ó bhí sí ag
corpfhorbróireacht agus ag déanamh
aclaíochta. agus na cíocha móra a bhí aici
chuirfidís adharc ar an bhfear marbh féin.

cailinog: cén cineál duine a bhí inti?

seanleaid: le fírinne bhí sí cneasta
cairdiúil. bhí sí in ann a hintinn a
labhairt. agus ba mhaith an rud é dar liom
go raibh sí in ann mé a threorú agus
comhairle a thabhairt dom conas í a

shásamh. cé go raibh mé féin
róneirbhíseach le mórán taitneamh a bhaint
as an teagmháil, ba mhór an t-ábhar áthais
dom an dóigh ar éirigh liom bean a
thabhairt go buaic a haoibhnis mar sin.
(sos)

seanleaid: tú féin conas a bhí do chéad
bhabhta craicinn? an raibh tú i ngrá leis
an bhfear? nó an bean a bhí ann?

cailinog: bhuel bhí scéal grá ann cinnte.
bhí an bheirt againn cúig bliana déag
d'aois nuair a thit muid i ngrá le chéile.

seanleaid: caithfidh mé a admháil go bhfuil
mé cineál éadmhar leat, má bhí scéal ceart
grá agat nuair nach raibh ionat ach
déagóir óg. ba mhaith liomsa a leithéid.
sílim go mbeinn ní b'iomláine, ní ba
sláintiúla mar dhuine dhá mbeadh a
leithéid de shaoltaithí agam. an minic a
bhíodh sibh ag bualadh craicinn?

cailinog: ba mhinic agus ba rímhinic :-D
samhradh na bliana a shlánaigh muid sé
bliana déag is beag eile a bhí á dhéanamh
againn ;-)

seanleaid: arbh é an gnáthrud é nó ar bhain
sibh triail as rud éigin ar leith?

cailinog: níor bhaineamar muis :-D bhí an
gnáthrud féin chomh deas. bhuel cúpla uair
bhí muid á dhéanamh in áit éigin ina
bhféadfaí sonrú a chur ionainn.

seanleaid: ar bhain tú sult ar leith as sin?

23

cailinog: bhaineas :-D bhí an-sceitimíní orm.

seanleaid: cad é an dearcadh atá agat ar an bpornagrafaíocht?

cailinog: bím ag breathnú uirthi ó am go ham nuair a thagas an fonn sin orm.

seanleaid: mar sin ní fuath leat fir a fhéachas ar ábhar den chineál sin?

cailinog: cén fáth ar chóir dom fuath a ghlacadh le fir mar sin? an chuid is mó de na fir is maith leo súil a chaitheamh ar an bpornagrafaíocht scaití.

seanleaid: bhuel tá a fhios agat nuair a bhí mé óg is é an rud a bhí le léamh ar na nuachtáin agus le cloisteáil ar scoil ná, má bhí tú tar éis oiread is spléachadh a thabhairt do na físeáin sin gurbh ionann tusa agus ábhar banéigneora.

cailinog: bhuel ní raibh fios a ngnó acu siúd a bhí ag áitiú a leithéide ort. ba chóir duit neamhshuim a dhéanamh den tseafóid sin.

seanleaid: ba chóir muise, ach ní raibh mé in ann, toisc gurbh é sin an t-aon chineál faisnéise a tugadh dom ar scoil i dtaobh na gcúrsaí seo.

cailinog: nach bhfuair tú treorú ní b'fhearr ó do thuismitheoirí?

seanleaid: ní bhfuair muis. bhí náire orthu siúd trácht ar bith a dhéanamh ar na cúrsaí seo, agus iad breá sásta an obair go léir a fhágáil faoin máistir scoile.

24

cailinog: a fhir úd, caithfidh mé imeacht
anois, ach más maith leat tuilleadh comhrá
a dhéanamh, beidh mise anseo amárach
timpeall ar a seacht a chlog tráthnóna. tá
súil agam go bhfaighe mé anseo romham thú.

seanleaid: gheobhaidh, cinnte. go raibh
maith agat as an gcluas éisteachta a thug
tú dom. slán.

cailinog: slán.

An Dara Comhrá

seanleaid: heileo arís!

cailinog: ó, an tusa atá ann! heileo! conas
atá tú ar na saolta seo?

seanleaid: bhuel ní gearánta dom dáiríre. tá
an obair ag éirí liom go gleoite agus
casadh cúpla cara ó na blianta ollscoile
orm sa bhealach abhaile. chaith muid
leathuair an chloig ag cardáil na
laethanta a bhí.

cailinog: is maith sin. bhí an-lionndubh ort
nuair a buaileadh an chéad uair ar a
chéile sinn anseo.

seanleaid: bhuel tá brón orm. drochlá a bhí
ann. go gairid roimhe seo bhí sórt scéal
grá agam nár tháinig i gcrann mar ba chóir
agus ar ndóigh ní raibh mé in ann
smaoineamh ar a dhath eile ar feadh
tamaill fhada. tá an saol ag breathnú níos
fearr anois.

cailinog: go seoigh ar fad. mé féin ní mór dom a admháil nach bhfuil róghiúmar ormsa.

seanleaid: nach bhfuil? cad é atá ag déanamh scime duit?

cailinog: tá, mo dheartháir. tá mé buartha faoi.

seanleaid: an bhfuil sé ar iarraidh nó rud éigin cosúil leis sin? an ndeachaigh ceal ann?

cailinog: bhuel ní dheachaigh, ach cuireann sé isteach orm chomh tugtha is atá sé don ól ar na saolta seo.

seanleaid: tuigim do chás. bhí an fhadhb chéanna agamsa le mo dheartháirse agus mé óg.

cailinog: an raibh sé ar an ól freisin?

seanleaid: le fírinne níl mé cinnte inniu féin an raibh sé go ródhona riamh, ach ó bhí mé dall ar fad ar an rud is measarthacht ann i gcúrsaí ólacháin shíl mé go raibh sé ag cailleadh an fhóid go hiomlán. níor bhlais mé féin den stuif riamh tá's agat.

cailinog: agus inniu cén chaoi a bhfuil do dheartháir? an bhfuil sé ina bheatha i gcónaí?

seanleaid: tá, cinnte le dia. chuaigh sé le healaíontóireacht, agus é ag saothrú a choda ar a chuid pictiúr mar shlí bheatha inniu.

cailinog: bhuel maidir le mo dheartháir féin ní chreidim go bhfuil an bealach éalaithe

AN RÍOMHGHRÁ

sin fágtha aige ar aon nós. níor chuir
seisean peann ná bruis péinte le páipéar
riamh as a stuaim féin.
seanleaid: nach bhfuil rud ar bith ann a
gcuirfeadh sé suim nó spéis ann mar shlí
bheatha? nó fiú mar chaitheamh aimsire?
cailinog: níl muis. ní bhíonn sé ach ag
breathnú ar chluichí lúthchleasaíochta ar
an mbosca draíochta agus ag diúgaireacht
óil. an cineál cainte a bhíos á dhéanamh
aige níl ann ach ciniciúlacht. is cuma
leis faoi gach uile shórt, agus ní féidir
leis ábhar díograise a dhéanamh d'aon rud.
tá an saol ag dul chun leadráin air, agus
é ag iarraidh an leadrán sin a mhaolú le
biotáille.
seanleaid: bhuel ní féidir liom a rá nach
mbíodh taomanna den tsaghas chéanna ormsa
nuair a bhí mé féin óg. ní bhínn ag ól ar
ndóigh ach bhíodh dúlagar intinne orm go
minic. ar bhealach tuigim cás do
dhearthár. ach ar ndóigh is beag an cuidiú
an tuiscint sin. :-(go bunúsach is í an
óige a luíos ar do dheartháir, an drae
galar eile, agus is é an t-aon leigheas
atá ann ná an aimsir.
cailinog: ach anois, cén fáth a mbíonn an
"óige" úd ag luí ar na buachaillí chomh
minic sin, i gcomparáid leis na girseacha?
seanleaid: sílim gurb iad na cúrsaí
craicinn, nó a n-uireasa ab fhearr a rá,
is mó a tharraingíos an dúlagar sin ar na

27

buachaillí. an raibh cailín ag do
dheartháir riamh?

cailinog: bhuel bhí sé ag siúl amach le bean
de mo chuid banchairde, ach níor tháinig
siad a fhad leis an leaba riamh.

seanleaid: ó, droch-chomhartha é sin amach
is amach. b'fhearr liom gan a bheith ag
labhairt faoi seo a thuilleadh.

cailinog: cén fáth?

seanleaid: toisc gur ábhar bhróin é, agus
thairis sin rúscann sé an tseanghoimh
ionamsa.

cailinog: an bhfuil sé chomh dáiríre sin?

seanleaid: tá, creid uaim. :-(ba chóir do
do dheartháir girseach a fháil, go simplí,
agus b'fhéidir go gcuirfeadh sé suim éigin
ina thodhchaí féin.

cailinog: ba chóir muis, ach, cá dtiocfadh
sé ar chailín agus é ag caitheamh a chuid
ama os comhair an scáileáin?

seanleaid: muise, cá dtiocfadh? bhuel go
bunúsach is dóigh liom go ndeachaigh an
saol in abar air, agus mar a fheictear
domsa caithfidh sé a leas-san a aithint as
a stuaim féin, beag beann ar na daoine
eile. nuair atá an giúmar sin ar fhear óg
is ar éigean is féidir leis an gcuid eile
againn mórán a dhéanamh, mura bhfuil sé
féin sásta comhairle a ghlacadh.

cailinog: an mar sin é?

seanleaid: is eagal liom gurb ea, agus mé ag
dul siar ar bhóthar na smaointe ag

cuimhneamh ar an saol a bhí agam féin
tráth.

cailinog: nach féidir liom a dhath a
dhéanamh ar mhaithe leis?

seanleaid: bhuel is é an t-aon rud a
rithfeadh liomsa ná cailíní deasa a chur
in aithne dó. má thugann sé grá do bhean
acu is féidir go gcuirfidh sé caol air
féin agus caoi ar a shaol.

cailinog: an dóigh leat gurb é an grá a
leigheasfas gach uile shórt? sin é an
chiall is féidir a bhaint as do chuid
focal tá's agat ;-)

seanleaid: bhuel is é an locht mór atá ar mo
shaol féin nár bhlais mé den ghrá cheart
riamh.

cailinog: an fear bocht :-(tá súil agam go
dtiocfaidh tú ar bhean do dhiongbhála lá
de na laethanta seo :-D

seanleaid: go raibh maith agat, ach tá mé
tinn tuirseach den tseanphort sin :-(is
iomaí bean a dúirt an méid sin liom, ach
ní raibh bean ar bith acu sásta a rá gurb
í féin an bhean sin. :-(

cailinog: tuigim do chás ar bhealach :-(ach
tá mé i bhfad níos óige ná tusa agus níl
mé cinnte an mbeadh ábhar comhrá againn le
chéile.

seanleaid: tá an ceart agat go bunúsach,
agus bheadh an difríocht aoise ag déanamh
scime dom féin, ach ón taobh eile de
chaith mé an chuid ab fhearr de mo shaol

29

ag iarraidh teacht ar bhean a bheadh in
ann comhrá a dhéanamh faoi na rudaí is mó
is suim liom. ansin shíl mé go raibh a
leithéid de ghirseach faighte agam. agus
an bhfuil a fhios agat cad é a thit amach
ansin...

cailinog: inis dom!

seanleaid: ní raibh meas an mhadra aici orm.
nuair a chuir mé in iúl di go raibh mé
sórt i ngrá léi fuair mé íde bhéil nár
chuimhin liom a leithéid eile.

cailinog: toisc go raibh tú i ngrá léi?

seanleaid: bhuel roimhe sin bhí tagairt
éigin déanta agam don bhulaíocht scoile a
d'fhaighinn i mo bhuachaill bheag. bhí sí
barúlach nach fear ceart a bhí ionam má
d'fhulaing mé a leithéid ar scoil.

cailinog: dar dia! ní thuigim cén fáth a
dtabharfá grá dá leathbhreac.

seanleaid: bhuel ar dtús shíl mé gurbh ise
an bhean a bhí daite dom, ó lig sí uirthi
go raibh suim aici i mo chuid teangacha
agus i rudaí den chineál sin. shíl mé go
raibh muid le taisteal a dhéanamh in
éineacht, mar shampla. le fírinne is é mo
thuairim anois gurbh é an díoltas ab
fhearr a d'fhéadfainn a imirt uirthi ná
titim i ngrá le cailín deas ionraic éigin
a bheadh chomh difriúil léise agus ab
fhéidir.

cailinog: bhuel más ea tá tú i gcónaí faoi
dhraíocht na caillí uafásaí sin. ba chóir

duit dul ar lorg mná a shásódh na gnáthéilimh.

seanleaid: cad iad na gnáthéilimh?

cailinog: bhuel ba chóir di bheith ionraic iontaofa, agus í sásta cluas éisteachta a thabhairt duit féin...

seanleaid: cosúil leat féin? ;-)

cailinog: ó, breast thú... :-)

seanleaid: cogar anois a chuid, caithfidh mé imeacht, ach beidh mé anseo arís. go raibh maith agat as an dreas comhrá. is maith an chuideachta thú.

cailinog: tusa freisin. slán go fóill.

An Tríú Comhrá

cailinog: dia duit arís a sheanleaid!

seanleaid: ó muis nach tusa atá ann! dia is muire duit! is mór an t-áthas go bhfuil tú ann i gcónaí! conas atá na cúrsaí agat?

cailinog: bhuel, cineál idir eatarthu.

seanleaid: cad é mar atá do dheartháir ar na saoltaibh seo?

cailinog: ó, ná bí ag trácht air le do thoil.

seanleaid: an bhfuil sé chomh dona sin?

cailinog: tá. :-(

seanleaid: ceart go leor. an bhfuil ábhar eile comhrá agat? cad é mar atá na cúrsaí grá?

cailinog: níl caoi mhaith ná droch-chaoi orthu. níl siad ann ar aon nós.

seanleaid: bhuel, is é an scéal céanna atá agamsa. ach le fírinne níl mórán déanta agam ach an oiread le hathrú cuma a chur orthu. ní bhím ach ag féachaint ar an gcorrfhiseán craicinn ar an idirlíon nuair a thagas an fonn sin orm.

cailinog: ar tháinig tú trasna ar cheann mhaith mar sin? ;-)

seanleaid: le fírinne taitníonn an ceann seo go maith liom...[Ag tabhairt seoladh gréasáin an fhiseáin don chailín.]

cailinog: fan go fóill, caithfidh mé súil air.

cailinog: mmm...

seanleaid: níl sé thar moladh beirte i ndáiríre, ach is maith liom an stiúir atá faoin gcailín dubh sin. is é sin, chomh gliondrach, chomh sona atá sí. shílfeá go bhfuil sí ag baint fíorshuilt as, ach ní féidir leat muinín a bheith agat as, nó is dócha nach bhfuil ann i ndiaidh an iomláin ach aisteoireacht.

cailinog: tá an ceart agat. le fírinne nuair a bhí mé ag breathnú ar an bhfíseán ba léise a rinne mé mo chomhionannú.

seanleaid: ar mhaith leat féin triail a bhaint as a leithéid sin? is é sin, tusa, bean eile agus fear?

cailinog: le fírinne níl a fhios agam i ndáiríre. cuireann an smaoineamh sin sórt éirí orm, ach ón taobh eile de is dócha nach mbeadh de cheann dána ionam a

AN RÍOMHGHRÁ

leithéid a chur i gcrích i ndiaidh an
iomláin.
seanleaid: ach ní dóigh leat gur sórt
arrachtaigh mise agus mé ag breathnú ar a
leithéid sin?
cailinog: ní dóigh muise, ná bí buartha.
neach collaí gach duine.
seanleaid: bhuel na cailíní acadúla ní
bhíonn meas an mhadra acu ar an bhfear a
bhíos ag féachaint ar fhiseáin chraicinn.
cailinog: caith as do chloigeann na giodróga
sin agus tabhair aird ar na mná maithe, ar
na mná tuisceanacha.
seanleaid: cosúil leat féin? ;-)
cailinog: bhuel... :-)
seanleaid: más ceadmhach dom an rud a
labhairt atá ar m'intinn...
cailinog: labhair leat le do thoil!
seanleaid: is é an fhírinne go bhfuil sórt
nóisean agam duit. níor casadh bean chomh
tuisceanach leatsa orm riamh roimhe seo.
cailinog: nach bhfuil eagla ort nach bhfuil
mé sách dathúil?
seanleaid: is é sin an dual is faide siar ar
mo choigeal, dáiríribh.
cailinog: féachfaidh muid an ndéarfaidh tú
an rud céanna agus mo phictiúr feicthe
agat. [Ag taispeáint an phictiúir don
tSeanleaid.]
seanleaid: dar Dia chomh hálainn leat!
cailinog: álainn? ;-)

seanleaid: dáiríre píre ní raibh súil ná
coinne agam le chomh dathúil is atá tú.
cailinog: an bhfuil tú i ngrá liom? ;-)
"folaíonn grá gráin," mar a deirtear :-D
seanleaid: níl a fhios agam. i ndiaidh an
oiread crá croí is a d'fhulaing mé lá mo
shaoil rinne mé dearmad de chiall an
fhocail sin "grá". ach is é an rud cinnte
go mba mhaith liom... tá a fhios agat...
cailinog: níl a fhios agam :-D
seanleaid: ...go mba mhaith liom tú a
chuimilt agus sásamh collaí a thabhairt
duit, mar bhuíochas as chomh deas, chomh
tuisceanach is a bhí tú liom. chaithfinn
lá iomlán do do chuimilt, do do phógadh,
ag tabhairt faoiseamh láimhe duit go dtí
go mbeifeá i ndeireadh d'anála. agus dá
mbeadh eagla ort ní chaithfeá an bod a
ghlacadh isteach. bheimis ag labhairt faoi
gach uile shórt dá rithfeadh linn, agus
mise ag sásamh do ragúis uair i ndiaidh a
chéile.
cailinog: mmm... ;-)
seanleaid: bhuel?
cailinog: an chéad rud a chaithfeas mé a rá
leat go bhfuil deis do labhartha agat.
d'fhéadfá do chuid a shaothrú ag scríobh
scéalta do na hirisí craicinn.
seanleaid: muise nuair a bhí mé óg d'éirigh
liom cúpla scéal den chineál sin a
fhoilsiú.
cailinog: nuair a bhí tú óg? cé chomh hóg?

34

AN RÍOMHGHRÁ

seanleaid: chomh hóg is nach raibh taithí ar
bith agam ar na cluichí craicinn san am
sin :-D
cailinog: an bhfuil tú dáiríre?
seanleaid: tá muis. ach nuair a fuair mé an
chéad bhlas ar an leathar níor dhíol mé
oiread is aon scéal amháin a thuilleadh.
cailinog: cén fáth meas tú?
seanleaid: an drae fios agam. is dócha go
raibh an iomarca réadúlachta ann rud nach
raibh ag teastáil. aislingí agus
brionglóidí a bhíos na hirisí sin a dhíol
leis na léitheoirí, diabhal fírinne. :-D
cailinog: ó muis :-D an bhfuil cead agam
ceist íogair a chur ort?
seanleaid: agus fáilte!
cailinog: cathain a fuair tú do chuid ó
bhean an uair dheireanach?
seanleaid: timpeall ar leathbhliain ó shin.
cailinog: agus cad é mar a bhí sí? ;-)
seanleaid: ní raibh caill ar bith uirthi le
fírinne. cailín í a bhfuil aithne agam
uirthi le roinnt mhaith ama anuas. níl mé
cinnte cén aois í. seacht mbliana fichead,
más buan mo chuimhne.
cailinog: cad é a rinne sibh le chéile???
seanleaid: nach tusa atá fiosrach :-D bhuel
an gnáthrud, chaith muid na héadaí uainn
agus chuaigh muid faoin gcithfholcadh.
thug muid croí isteach dá chéile agus
nuair a tháinig adharc orm chuir sí

coiscín orm. ansin chaith muid tamall fada ag bualadh craicinn.

cailinog: ar shásaigh tú í?

seanleaid: creidim gur shásaigh. tá mé in ann mo chuid méar a oibriú mar sin. mhothaigh mé trithí a faighne timpeall orthu pé scéal é.

cailinog: anois tá éirí craicinn ormsa.

seanleaid: ar mhian leat mise a bheith i d'aice anois? ;-)

cailinog: ba mhaith le fírinne. an bpógfá mé?

seanleaid: ar ndóigh, chomh deas is atá tú, más fíor don ghrianghraf.

cailinog: is é an rud is mó a thaitníos liom ná an fear a bheith do mo phógadh ó rinn go sáil.

seanleaid: sin rud furasta dáiríribh.

cailinog: an oíche dheireanach a chaith mé ag bualadh craicinn is dócha go bhfuair an fear ródheacair é.

seanleaid: cén saghas fear a bhí ann?

cailinog: bhuel is náir liom a admháil... tá a fhios agat bhí bod mór millteanach aige agus tháinig fonn orm triail a bhaint as...

seanleaid: ná hinis an chuid eile, thuig mé an scéal cheana féin. cheap sé gur leor bod mór le bean a shásamh, agus níor bhac sé le tú a phógadh ná a chuimilt. an bhfuil an ceart agam?

cailinog: go díreach.

seanleaid: agus is dócha nach bhfuair tú órgasam ar bith.

cailinog: ní bhfuair muis. :-(

seanleaid: an raibh de mheabhraíocht agat úsáid an choiscín a éileamh?

cailinog: bhí muis. ach i ndiaidh an iomláin bhí mé náirithe ar fad, agus mhothaigh mé mé féin an-salach go deo. chaith mé an lá arna mhárach faoi chithfholcadh ag iarraidh aon smúid a d'fhág sé orm a ghlanadh díom, agus chuaigh mé chuig dochtúir na mban ag féachaint, an raibh víreas nó baictéar éigin tolgtha agam, beag beann ar an gcoiscín. míle buíochas le dia ní raibh.

seanleaid: ó, tá áthas orm nár thóg tú a dhath, a stór. :-D

cailinog: go raibh maith agat :-D ach an bhfuil a fhios agat níl éirí craicinn orm a thuilleadh, tar éis dom na cuimhní cinn seo a reic leat. :-(

seanleaid: nach maith an rud é :-D ní bheidh frustrachas craicinn ort ag dul a chodladh duit anocht :-D

cailinog: bhuel is fíor duit ach mar sin féin b'fhearr liom éirí beag a bheith orm agus mé ag smaoineamh ort :-D

seanleaid: ó, breast thú :-D ná habair go bhfuil fonn ort chugam

cailinog: le fírinne tá, traidhfilín beag. is annamh is féidir liom na cúrsaí seo a

chardáil le haon duine chomh hionraic seo
i ndáiríre.

seanleaid: ach nuair a fhiafrós mé díot, an
bhfuil tú sásta oíche a chaitheamh liom,
is é an freagra a gheobhas mé ná gur fearr
leat an aisling dheas gan réaltacht
shuarach a dhéanamh di :-(

cailinog: caith uait an tseafóid sin, a
sheanleaid. tá a fhios agam nach bhfuil tú
ach ag iarraidh mé a chealgadh. is é an
rud a theastaíos uait ná go dtoileoidh mé
síneadh leat lena thaispeáint duit go
bhfuil tú sa mhícheart chomh héadóchasach
is atá tú :-D

seanleaid: dar muige d'aithin tú an fuadar a
bhí fúm :-D

cailinog: oíche mhaith anois.

seanleaid: oíche mhaith, a stór :-D

An Ceathrú Comhrá

seanleaid: heileo!

cailinog: ó, heileo. tá an-áthas orm tú a
fheiceáil anseo. conas atá tú?

seanleaid: gnóthach go maith, ach níl caill
orm. cad é mar atá tú féin?

cailinog: níl a fhios agat... :-(

seanleaid: ó, níl róchuma air sin. cad é a
tharla? céard a d'éirigh duit?

cailinog: mo dheartháir atá ag déanamh scime
dom i gcónaí. tháinig na póilíní air agus
é dubh drugáilte. anois tá sé

dealraitheach go rachaidh an scéal chun na cúirte.

seanleaid: cén sórt drugaí a bhí ann?

cailinog: toitíní draíochta.

seanleaid: bhuel níor bhlais mé féin d'aon chineál drugaí riamh ach creidim nach bhfuil siad leath chomh dainséarach leis an hearóin mar shampla. mar sin níl do dheartháir ar an dubhdhrabhlás go fóill.

cailinog: tá a fhios agam é, ach san am chéanna tá mo chroí á réabadh le heagla.

seanleaid: tuigim do chás, a stór. is cuimhin liom an dóigh a ndeachaigh sé i bhfeidhm orm nuair a bhí fadhbanna den chineál chéanna ag mo dheartháir féin.

cailinog: ach ní raibh seisean sa phríosún riamh, an raibh?

seanleaid: ní raibh, míle buíochas le Dia.

cailinog: sin é é. is é an rud is mó a chuireann buairt orm ná, an ngearrfar téarma príosúnachta do mo dheartháir-se.

seanleaid: bhuel más é an chéad uair dó coir a dhéanamh ní chreidim féin go rachaidh sé sa phríosún, go háirithe más amhlaidh nach bhfuil i gceist ach marachuan. ní hé an druga an fhadhb is mó dar liom, níl ann ach airí. is é an rud is measa ná chomh stoite atá do dheartháir, chomh dífhréamhaithe. dúirt tú féin nach bhfuil a dhath idir lámhaibh aige a cheanglódh den tsaol é. ba chóir dó ceangal den chineál sin a nascadh chomh sciobtha agus is féidir.

cailinog: muise :-(ni thuigim cén fáth nach bhfuil sé ábalta áit éigin a aimsiú ar an saol seo.

seanleaid: ní bhíonn sé chomh furasta sin i gcónaí. dála an scéil níor inis tú dom riamh cén cineál oibre a bhí ag do thuismitheoirí.

cailinog: bhuel is múinteoir í mo mháthair, ach ní fhaca mé m'athair le deich mbliana anuas. níl a fhios agam fiú cén cineál oibre a bhí aige. thit pósadh mo thuismitheoirí as a chéile i bhfad roimhe sin. meas tú an mbeadh saol ní b'fhearr ag mo dheartháir dá bhfanfadh daid in éineacht linn?

seanleaid: bhuel tá an dá bh'fhéidir ann. bítear ag áitiú go bhfuil patrún fir de dhíth ar an mbuachaill óg sa bhaile ach níl mé cinnte. tá aithne agam ar bhuachaill, nó abraimis, ar fhear, a bhfuair a athair bás nuair nach raibh sé féin ach cúig bliana d'aois, agus é míshásta i gcónaí leis an dóigh a mbítear ag labhairt faoi bhuachaillí gan athair, is é sin, go bhfuil sé i ndán dóibh dul ar strae sa saol. is é a bharúil féin gur chóir éirí as a leithéid de réamhchinnteachas nach dtéann ach chun míleasa do na stócaigh sin féin. má ghlacann an saol mór leis roimh ré nach bhfuil ach an drabhlás daite duit mar chinniúint, is dócha go rachaidh tú ar an drabhlás.

cailinog: ach ní dheachaigh do chara ar an drabhlás, cinnte?

seanleaid: ní dheachaigh muis. d'éirigh an saol leis go gleoite ar fad. ar dtús bhain sé amach dintiúir an tsaighdiúra agus é ag coimeád na síochána leis na Náisiúin Aontaithe in áiteanna ar an gcoigríoch, sa Tríú Domhan ach go háirithe. nuair a bhí sé barúlach go raibh a dhóthain den obair sin déanta aige chuaigh sé ag staidéar staire san ollscoil. anois tá dhá leabhar foilsithe aige. togha fir é ar go leor bealaí.

cailinog: agus ar ndóigh tá bean dheas aige nach bhfuil ;-) ní bheadh a leathbhreac i bhfad ar lorg bhean a dhiongbhála.

seanleaid: is fíor duit :-D tá sé pósta le cúpla bliain anuas, agus cailín den chéad scoth í a bhean ar ndóigh.

cailinog: nár chóir duit féin bean a fháil duit lá de na laethanta seo?

seanleaid: sin é an rud atá idir lámhaibh agam anois díreach.

cailinog: an bhfuil tú i ndáiríre?

seanleaid: dáiríre píre.

cailinog: an dtabharfá grá dom? ;-)

seanleaid: an é an freagra ionraic atá uait?

cailinog: is é.

seanleaid: bhuel, seo an méid. thar aon rud
eile mothaím gur féidir liom cumarsáid
cheart chneasta a choinneáil leat, rud nár
mhinic a d'éirigh liom le haon chailín
roimhe seo. rud eile fós tá tú go hálainn
ach ní ailleagán thú. agus ina dhiaidh sin
féin caithfidh mé a admháil, bhuel...

cailinog: sea?

seanleaid: uaireanta ba mhaith liom thú a
fheiceáil ag iompar clainne dom, agus sin
smaoineamh nár chuir aon bhean i mo
chloigeann riamh roimhe seo.

cailinog: ...

seanleaid: sea?

cailinog: níl a fhios agam an rud ba chóir
dom a rá.

seanleaid: gabh mo leithscéal má chuaigh mé
thar fóir.

cailinog: ní dheachaigh, ach... ach.

seanleaid: ach?

cailinog: ní dhúirt fear ar bith a leithéid
sin liom riamh. tháinig na deora liom
nuair a léigh mé na focail sin uait.

seanleaid: ná bí ag gol, a rún.

cailinog: glacaim leis go dtugann tú grá dom
i ndáiríre. sin é an tátal a bhainim asat.

seanleaid: is dócha go bhfuil an ceart agat
:-D

cailinog: caithfidh muid coinne a shocrú,
dul i dteagmháil le chéile.

seanleaid: caithfidh muise, a stór. seo mo
ríomhsheoladh...

seanleaid: seanleaid@solathroirgreasain.com.
cailinog: cailinog@freastalai.com.

An Teagmháil

Stop an traein ar an stáisiún deireanach roimh an bpríomhchathair agus thuirling an Seanleaid ar an ardán. Ba é seo an bruachbhaile ina raibh cónaí ar an gCailín. Bhí foirgneamh an stáisiúin suite in airde trasna na raillí, agus chaithfeá dul suas an staighre ón ardán. Rith leis an Seanleaid gurbh fhéidir go mbeadh bláthanna ar díol ansin, agus ba dóigh leis nach mbeadh ann ach dea-bhéasaíocht dá gceannódh sé rósanna don Chailín.

Ar ndóigh bheadh sé seanfhaiseanta, agus ba dócha nach mbainfeadh sé ach gáire tarcaisniúil as an gCailín, ach mar sin féin bhí an cinneadh glactha aige. Bhí sé tar éis dhá DVD, dhá scannán ar diosca, a cheannach le haghaidh an Chailín cheana. Ceann pornagrafaíochta agus ceann eile—an scannán ab fhearr leisean. De réir dealraimh ní raibh sé feicthe aicise.

Mhothaigh sé na cosa ag creathnú faoi nuair a bhain sé amach bloc árasán an Chailín. Baineadh stangadh as nuair a chonaic sé a sloinne-se in aice le cnaipe an dordánaí dorais. Bhrúigh sé an chnaipe, agus i ndiaidh cúpla nóiméad baineadh an glas den doras mhór thíos. Chuaigh sé isteach agus cotadh ag teacht air díreach mar nach mbeadh ann ach stócach óg faiteach. Agus b'fhéidir nár aibigh sé lá ó bhí sé cúig bliana déag. Is beag taithí a fuair sé ar chuideachta na mban sa leaba idir an dá linn, i ndiaidh an iomláin.

Agus i gceann tamaill bhí doras an árasáin chirt ann. D'oscail an Cailín ina araicis é, agus í ina seasamh os a comhair amach ina steillebheatha!

Na súile sin! Theastaigh uaidh iad a fheiceáil ón lá a thaispeáin an Cailín a pictiúr dó ar an Idirlíon. Ansin féin chuir a radharc-san idir chompord agus mhíchompord air. Súile a bhí iontu a d'éiligh ar an bhfear a dhualgas a chomhlíonadh agus í a thabhairt go tairseach na bhflaitheas.

Shín sé na bláthanna chuici. "Tá a fhios agam go bhfuil sé cineál aiféiseach ar na saolta seo," ar seisean, "ach rith liom rósanna a cheannach duit."

Tháinig iontas ar an gCailín. Ghlac sí na bláthanna uaigh go réidh, agus mhothaigh an Seanleaid sórt brú timpeall ar a chroí nuair a d'aithin sé corrdheoir faoi leathshúil léi. San am chéanna, áfach, tháinig leafa gáire uirthi.

"Cá bhfuil an seomra folctha?" a d'fhiafraigh sé. "Ba mhaith liom mo lámha a ní." Ansin chuala an Cailín tocht ina ghlór, nuair a labhair sé arís, beagnach i gcogar: "Ní bhainfinn duit le méara salacha."

"Tá sé thall ansin," arsa an Cailín, agus mhothaigh an Seanleaid go raibh a guth-sa á thachtadh le snag caointe chomh maith. "Rachaidh mé ar lorg bláthchuach."

Ag filleadh ón seomra folctha dó ní raibh moill ar bith air an Cailín a fháscadh chuige. Bhí a fhios aige ón gcomhfhreagras a bhí acu le chéile i ndiaidh na gcomhráite idirlín gur mhaith léi an fear a bheith ag pógadh chúl a muiníl. Dar fia gheobhadh an Cailín an rud a bhí uaithi! Chuir sé a bhéal go cúramach lena muineál, agus ansin thug sé póg i ndiaidh a chéile di, póga séimhe cáiréiseacha nach raibh ach ag mionchuimilt chraiceann an Chailín.

Shílfeá go raibh a cosa ag imeacht uaithi agus é á pógadh. Bhí sí ar bharr lasrach agus í ag géilleadh do lámha an fhir. Ar dtús bhí sórt eagla uirthi roimhe, nó ní raibh inti ach bean bheag bhídeach nach mbeadh in ann cur ina aghaidh dá mbeadh banéigneoir nó murdaróir ann tar éis an tsaoil. Ach anois thuig sí go raibh sé meáite ar a chuid geallúintí a chomhlíonadh agus go raibh sé sách eolach ar na mná le hobair an ghrá a dhéanamh go deas.

Chuaigh liopaí an fhir óna muineál go dtína cíocha, óna cíocha go dtína bolg, agus ansin thosaigh siad ag déanamh a mbealaigh go dtína baill ghiniúna. Ní raibh deifir air, ach mar sin féin thuig an Cailín cá raibh a thriall. Bhí sí ar bharr amháin creatha ag fanacht leisean an ceann scríbe a bhaint amach.

Nuair a bhain, mhothaigh sí barr a theanga ar a breall, agus tháinig deora áthais ina súile. Théigh a croí leis an bhfear le teann buíochais, agus chonaic sí sclimpíní agus drithlí nuair a sháigh an fear isteach méar amháin le hí a oibriú taobh istigh den fhaighin.

I ndiaidh an chéad órgasam dul tríthi chaith sí tamall maith ag baint taca as an Seanleaid agus í ag tarraingt anála.

"An raibh sé go deas?" a d'fhiafraigh seisean.

Bhí a glór ag teip uirthi nuair a d'fhreagair sí: "Bhí—"

"Agus cuimhnigh nach raibh ann ach tús."

Muise ní raibh.

Chuir an Seanleaid an chéad dlúthdhiosca isteach sa dioscthiomáint agus ansin thosaigh seisean agus an Cailín ag breathnú ar an scannán. Is éard a bhí ann ná scéal girsí óige a bhí díreach ina déagóir, agus gan de thuismitheoirí aici ach a máthair—máthair a bhí ag tabhairt grá d'fhear i ndiaidh fir agus ag taisteal na tíre ó ghrá gheal go grá geal. Chaithfeadh an girseach agus a deirfiúr bheag a máthair a leanúint agus í ag fánaíocht timpeall na Stát Aontaithe ar an gcamchuairt seo.

"An bhfuil a fhios agat, cé leis a ndéanaim mo chomhionannú ar an scannán sin?"

"Inis dom," arsa an Cailín, agus an chuma uirthi go raibh fíorspéis aici ina mbeadh le rá ag an Seanleaid.

"Leis an gcailín óg sin," arsa an Seanleaid. "Féach an dóigh a bhfuil sí ag iarraidh faoiseamh a lorg sa chráifeacht"—bhí girseach an scannáin ag cur geáitsí dianreiligiúnacha uirthi féin le bheith in ann an cineál saoil a lochtú a bhí idir lámhaibh ag a máthair—"agus an fonn craicinn agus an ragús grá ag teacht uirthi san am chéanna."

"An raibh tusa reiligiúnach nuair a a bhí tú i do dhéagóir?" a d'fhiafraigh an Cailín.

"Níl mé cinnte ar chóir dom a rá go raibh," ar seisean. "Ar bhealach tógadh le reiligiún mé, ach ansin níorbh é a reiligiún siúd a bhí ag craobhscaoileadh a soiscéala féin sa chathair. Agus thairis sin bhí suim agam ina lán rudaí eile seachas reiligiún, is é sin, litríocht agus eolaíocht, agus iad ag teacht salach ar an gcráifeacht. Ach anois, féach ar an ngirseach sin, an dóigh a bhfuil sí ag iarraidh caoi éigin a choinneáil ar a saol féin le reiligiún agus ag santú grá san am chéanna, ar dhóigh éigin ní féidir liom gan mé féin a aithint inti, mar a bhí mé i mo dhéagóir dom."

"Cé gur cailín í?" arsa an Cailín, agus iontas uirthi.

"Cé gur cailín í muise," a d'fhreagair an Seanleaid.

I ndiaidh dóibh an chéad dlúthdhiosca a fheiceáil chuir siad an ceann pornagrafaíochta isteach ina áit. Ní raibh ach leathshúil acu air, nó bhí siad ag caint ar an gcéad aithne a fuair siad ar na scannáin chraicinn agus iad sna déagaí.

"Mé féin," arsa an Cailín, agus í ag sciotaíl gáire, "chonaic mé an chéad scannán craicinn nuair a bhí mé dhá bhliain déag agus mé ar cuairt i dteach mo sheanmháthar. Bhí an-ghrá agam do Mhamó riamh ach bhí sí cineál seanfhaiseanta, is é sin, ní raibh mórán measa aici ar sheafóid an lae inniu. Bhí sí cineál reiligiúnach freisin."

Tháinig gnúis gan a leithéid eile ar an Seanleaid, agus phléasc fíor-scotbhach gáire ar an gCailín nuair a chaith sí súil i dtreo an fhir.

"Ní bheadh súil agat leis muise," ar sise. "Ach is é lomlán na fírinne é. Tá a fhios agat na scannáin leathair ar an XTV, nach bhfuil?"

Is éard a bhí i gceist leis an XTV ná staisiún príobháideach teilifíse a bhíodh ag taispeáint scannáin de gach cineál agus an-ráchairt air. Nuair a thosaigh an staisiún ag craoladh scannáin chraicinn, tharraing sé an-challán sna nuachtáin ar dtús ach ní raibh an tír i bhfad ag dul i dtaithí an chleachtais seo. Ar ndóigh ba chuimhin leis an Seanleaid an racán sin go maith.

"Tá, cinnte," ar seisean.

"Bhuel bhí cead agam seanscannán eachtránaíochta a fheiceáil ar an teilí, i ndiaidh do Mhamó féin dul a chodladh. Ní raibh a fhios aici gurbh ar an staisiún chéanna a bhí na scannáin leathair. Le fírinne ní raibh a haird ar na cúrsaí sin, agus is dócha go raibh an oiread sin muiníne aici asam agus gur chreid sí nach mbacfainn leis an gcineál sin scannán."

"Cad é mar a chuaigh sé i bhfeidhm ort, mar sin?"

"Bhuel," arsa an Cailín, "bhí mé chomh hóg is nár chuir sé mórán éirí orm. Ach ar ndóigh bhí mé fiosrach, rud nach ndeachaigh ach i méadaíocht faoi thionchar an scannáin sin."

"Mé féin," ar seisean, "chonaic mé an chéad scannán craicinn nuair a bhí mé ar cuairt ag buachaill de lucht m'aitheantais. Teaghlach lucht oibre a bhí ann agus dearcadh díreach acu ar na cúrsaí collaíochta. Bhí a mac sna déagaí, agus cad eile a dhéanfadh a leithéid ach breathnú ar na scannáin leathair? Sin é an port a bhí á sheinm acusan. Mé féin áfach bhí mé ag léamh an iomarca nuachtán agus irisí agus na colúnaithe ag áitiú ar na léitheoirí nach mbeadh sa bhuachaill ach ábhar banéigneora dá mbeadh sé ag cur suime sna scannáin phornagrafaíochta. Bhí náire agus deargnáire orm mar sin—"

Chuir an Cailín ina thost é le póg fhada agus í ag scaoileadh a threabhsair de le greim a fháil ar a bhod.

"Ná bíodh náire ort, a stór," ar sise. "Fear maith thú." Thosaigh sí ag bleán an bhoid agus chuir sí a liopaí thart ar an mbreall. Bhí an Seanleaid ag búirfigh: "Stop, a stór, stop," ach ní stopfadh an Cailín, nó bhí a fhios aici go rímhaith gurbh é a ghlanmhalairt sin a bhí an Seanleaid a mhaíomh, chomh heolach is a bhí sí ar bhealaí na bhfear cheana. Cé nárbh é seo an chéad chomhriachtain a bhí aici, chuir sé iontas uirthi i gcónaí an t-athrú a tháinig ar an mbod agus an dath corcra a d'iompaigh ann. Bhraith sí teas agus taise taobh istigh dá faighin féin, agus bhuail an fonn comhriachtana í ó rinn go sáil. A leithéid de sháiteán bhreá, a leathbhreac d'fhear dheas—ó, chaithfeadh sí dul ar muin anois!

Bhí an scannán craicinn ag rolladh leis gan aon duine súil a chaitheamh air nuair a thosaigh an Cailín ag marcaíocht ar an bhfear. Bhí sí ag gluaiseacht íochtar a colainne mar a bheadh sí ag rince, agus leoga ba é sin an damhsa ab fhearr ar domhan.

Bhí sí ar coipeadh le fonn chuig an bhfear seo. Bhí náire air faoina chollaíocht, nach raibh? Bhuel bhainfeadh sí an náire sin de! Chaithfeadh sí an deireadh seachtaine go léir ag bualadh leathair leis go dtí go ndéanfadh sé dearmad den náire sin. Dar muige chaithfeadh sí an chuid eile dá saol ag iarraidh an náire sin a bhaint de!

Nuair a bhuail an chéad órgasam eile í agus eisean ag scaoileadh a shíl féin, thosaigh sí ag uallfartaigh in aird a cinn, agus í ag glaoch ar an Seanleaid ina ainm. Agus ní raibh ann féin ach tús, tús dá ngrá, tús dá gcumann, tús dá gcaidreamh.

SADHBH

Toirbhirt:
I ndilchuimhne ar Timo Saarniemi (1942–2005).
Airsean a bhunaigh mé "Tadhg an Cheamara".

Is cuma faoi m'ainm, ach is féidir leat Proinsias a thabhairt orm, nó tá sé chomh maith mar ainm cleite agus ceann ar bith eile. An lá sin, ní raibh súil ná coinne agam leis an eachtra a bhí i ndán dom. Déanta na fírinne, bhí deireadh súile bainte agam de mhná an tsaoil seo. Ba dóigh liom gur faoi dhrochphláinéad ar fad a rugadh mé, agus an dóigh a raibh ag cliseadh orm leis na girseacha ó tháinig an chéad ragús orm in aois mo thrí bliana déag dom.

Ní hionann sin agus a rá, ar ndóigh, nár éirigh liom mo chuid a fháil ó na cailíní ó am go ham. Nuair a bhí mé sé bliana déag, fuair mé an chéad seans, agus an uair sin, bhí beirt bhan óg i gceist. Thig linn Mín agus Sorcha a thabhairt orthu, le haghaidh an scéil áirithe seo. Siúd is nach raibh Mín ar an gcuid ba dathúla de chailíní ár ranga, ní raibh sí ag breathnú go míofar ach

50

an oiread, nó bhí ceannaithe soicheallacha, fáiltiúla, taitneamhacha aici. Ba í Sorcha an cara ab fhearr dá raibh aici. Bhí sí ní b'áille ná ise, ach má bhí féin, bhí deich gcileagram, a bheag nó a mhór, thar an gceart aici, agus is dual do na cailíní a shíleadh go gcuireann a leithéid a seansanna leis na buachaillí ó mhaith ar fad. Maidir le Mín, bhí a colainn cumtha comair, agus ní shamhlófá a mhalairt léise, ó chaitheadh sí uair an chloig go leith in aghaidh an lae ag snámh, cibé cé acu samhradh nó geimhreadh a bhí ann.

Bhí an triúr againn sé bliana déag d'aois, mar sin. Ní bhfaighfeá a sárú sin de bheirt ghirseach dheasa ar dhroim an domhain. Bhí spallaíocht de chineál éigin ar cois agam leo. Súgachas saonta sóntach a bhí ann, nó bhí siad gníomhach in ógra na heaglaise, agus is ar éigean a rithfeadh leat a leithéidí sin a bhréagadh chun leapa—mar a shíl mé. Cibé scéal é, ghlac mé leis go bunúsach nach bhféadfadh a dhath titim amach eadrainn, agus b'fhéidir gurbh é sin ba phríomhchúis leis go ndeachaigh na cúrsaí thar cailc ar fad sa deireadh thiar thall.

Ba mhinic a chastaí orm iad i linn snámha an bhardais a ghnáthaínn san am sin. Siúd is gur lú orm ná an sioc an chuid ba mhó den lúthchleasaíocht, bhí mé an-tugtha don tsnámh, agus ar ndóigh, bhí deis agam lán mo shúl a bhaint as mná óga dea-chumtha ansin nach raibh ach scriosán cúng éadaigh orthu.

Fág is gur dhual dom éirí áirithe a aithint i mo bhod i bhfianaise na gcailíní deasa dathúla seo, bhí mé iontach cotúil, iontach cúirtéiseach ina leith san am sin. Uaireanta, áfach, nuair a d'éirigh liom breith ar mo mhisneach, thumfainn mo chloigeann faoi dhromchla an uisce le ruathar a thabhairt faoi Mhín agus leathlámh liom a chuimilt lena craiceann mín síodúil. Is iomaí scread agus scréach a ligeadh sí aisti ansin, ach ina dhiaidh sin féin, ní fhágadh an miongháire a béal, agus oiread is uair amháin níor chuala mé focal uaithi leis na ruathair seo a chosc, amach ón chupla uair a dúirt sí gur buachaill an-dána a bhí ionam. Lá amháin, fuair mé de chroí méaradradh a dhéanamh ina gabhal, agus ansin, chiceáil sí uaithi chomh tobann is gur ghortaigh sí mé. Nuair a tháinig mé suas agus an anáil ag teip orm i ndiaidh an drochbhuille a bhuail sa bhrollach mé, áfach, bhí an-imní uirthi fúm, agus í ag déanamh a leithscéil liom arís agus arís eile. M'anam don diucs murar chuala mé blas beag caointe ar a guth! Bhí náire orm féin faoin dóigh a ndeachaigh mé ag crúbáil uirthi, ach i ndiaidh an iomláin, bhí sí i bhfad ní ba bhuartha fúmsa ná faoina geanmnaíocht féin. Dea-chomhartha a bhí ansin, gan dabht gan déidearbhadh.

Mar sin féin, níor tháinig aon fhorbairt ar an scéal sin nó go ndeachaigh an triúr againn, Sorcha, Mín agus mise,—go ndeachaigh muid ag campáil le chéile. Dáiríribh, díol iontais ar fad a bheadh ann mura dtuigfinn cad é a bhí daite dom nuair a d'iompaigh sé amach go gcaithfimis ár gcodladh a dhéanamh in aon phuball amháin. Bíodh is go raibh Sorcha in ann iarracht mhaith d'fhonn craicinn an ainmhí aingiallta a chur orm, ba le Mín ba mhó a bhí dáimh mo chroí. Sa bhreis ar ragús na colainne, ba léir nár chuma léi fúm mar dhuine, agus bhí mé ag dréim le cumann ceart grá a bheith agam léi.

Níl a fhios agam inniu cé acu againn ba túisce a fuair an smaoineamh dul ag campáil le teacht an tsamhraidh a cheiliúradh. B'fhéidir go raibh sé soiléir do gach duine againn i dtosach báire an tseachbhrí chollaí a bhí ag dul leis an bplean, ach nuair a bhí muid i ndiaidh deireadh an ghrinn ropánta a bhaint as an taobh seo den scéal, d'fhan an smaoineamh féin ag faibhriú ar ár n-intinn, agus nuair a chuaigh muid á chardáil i ndáiríre, tháinig muid ar an gconclúid nach raibh caill ar bith air mar phlean: an áit a rachaimis ag campáil, an cineál gléasra a bhí de dhíth, agus araile. Nuair a bhí na ciútraimintí, na gréibhlí, na gréithre is na cleathainsí riachtanacha ar fad ullamh againn, bhí cupla focal agam le Mín i dtaobh na gcoiscíní.

"A Mhín," a thosaigh mé, "ba mhaith liom labhairt leat."

Chuir sí cluas mhaith éisteachta uirthi ar an toirt. Cailín a bhí inti a thabharfadh aird ar do chuid focal.

"Tá a fhios agat, a Mhín, go bhfuil cineál suime agam ionat," arsa mise go cúramach, "agus, ar eagla na heagla," caithfidh sé go raibh m'éadan ar bharr lasrach le luisne, "tá mé i ndiaidh cupla pacáiste coiscíní a cheannach. Ar eagla na heagla." Ní raibh mé ábalta mórán céille a bhaint as an ngnúis a tháinig uirthi, agus rinne mé deifir ag pointeáil amach nach raibh mé ach ag déanamh téisclime "ar eagla na heagla". Ar eagla na heagla—is iomaí uair a chluinfeá na focail sin uaim, dá mbeifeá i m'éisteacht agus an t-áitiú sin ar Mhín ar siúl agam.

I ndiaidh dom an phaidir chapaill a thabhairt uaim, labhair sise, agus má bhí mé féin ag iarraidh bheith dioplómatúil, níor thaise dise é. Mhol sí mé, agus í inbharúla gur ciallmhar is gur tuisceanach an mhaise dom cuimhneamh ar a leathbhreac. San am chéanna, áfach—ar sise—mór is uile mar a bhí sí liom, ní raibh sí cinnte, an raibh sí mór liom ar an dóigh áirithe sin. Thairis sin, bhí muid lenár gcampáil a dhéanamh in éineacht le Sorcha, agus b'olc an seanadh a bheadh ann dá dtosóimis ag crúbáil a chéile ina fianaise-se cibé—

"Ar chóir dom, mar sin, na coiscíní a fhágáil sa bhaile?" a d'fhiafraigh mé de Mhín.

"Bhuel," ar sise, "is é an rud is fearr ná a dtabhairt linn mar sin féin, ar fhaitíos na bhfaitíos, mar a dúirt tú. Ach ina dhiaidh sin féin, coinnigh cuimhne air nach bhfuil a dhath geallta agam duit."

"Ach ar a laghad ar bith, an bhfuil tú ceanúil orm?"

Tháinig aoibh bheag gháire ar a liopaí, agus chlaon sí a ceann.

Bhí sí ceanúil orm! B'fhéidir go mbeadh seans agam mo chuid a fháil uaithi, agus ba mhillteach an smaoineamh é—smaoineamh a bhí ann, dáiríribh, a bhain creathnú aoibhnis asam agus a chuir adharc chomh crua orm is gur dhóbair dom síol a scaoileadh ar an toirt. Bhí lúcháir orm fosta go raibh an fhéidearthacht ann gurbh ise, seachas aon chailín eile, a bheadh ar an gcéad pháirtí craicinn agam. Cé nach raibh sí ach réasúnta dathúil, bhí sí beoga bíogúil, mar chailín, agus is fánach fear nach mothódh na cathuithe ag teacht air an craiceann mín deas sin a chuimilt go caomh cúramach.

Fuair mé deacair na cathuithe sin a chloí agus mé ansin ag baint lán mo shúl as Mín, ach rinne mé muinín as go mbeadh seans agam ní ba deireanaí mo dhúil a shásamh. An rud a bhí i ndán dom dáiríribh, is beag a rithfeadh a leithéid liom choíche, ansin.

Mar is dual don am imeacht, tháinig an lá socraithe, agus sinne ag tabhairt aghaidhe ar an gcamas ciúin scoite a bhí roghnaithe mar áit champála againn. Nuair a bhí an puball ina sheasamh, chaith gach duine againn a sheal féin istigh ag cur culaith snámha air féin, agus amach linn ansin ag baint suilt agus subhachais as an uisce nach raibh rófhuar ná róthe. Bhí maolú ann ar theaspach an lae, ach san am chéanna, ní raibh sé chomh fuar is go gcuirfeadh sé ag creathnú sinn nuair a stad muid den tsnámh sa deireadh. D'éirigh muid aníos as an uisce, agus na braoiníní ag rith síos leis an gcraiceann, agus ansin, shoiprigh gach duine againn a thuáille timpeall air féin le ligean don chulaith snámha titim ar urlár an phubaill. B'ábhar adhairce dom an smaoineamh go raibh na cailíní ina gcraicinn dhearga faoina dtuáillí, ach níor lig mé a dhath orm. Chaith muid tamall fada inár dtost, agus an ghrian ag claonadh síos ar a bealach trasna na spéire. De réir a chéile, tháinig an chaint ar ais againn, agus nuair a bhí an loch á dheargadh ag gathanna deireanacha na gréine, bhí comhrá ciúin ar siúl againn, agus sinn i mbéal an phubaill ag baint lán ár súl as an gcrónachan.

Daoine óga a bhí ionainn, agus mar sin, ba dual dúinn cúrsaí cleamhnais a tharraingt chugainn mar ábhar cainte agus comhrá. Ba í Sorcha ba mhó a bhí ag caint, agus lionn dubh uirthi, nó chreid sí go raibh sí róramhar le go dtabharfadh aon bhuachaill grá di. D'áitigh Mín agus mise uirthi nach raibh an ceart ná aon chuid de aici, agus dúirt mise léi go raibh sí meallacach go maith, ó thaobh an chraicinn de. "Ní bheidh sé deacair agat buachaill a chealgadh chun leapa leat," arsa mise, agus ní bréag a bhí ann ar aon nós. Ba dána an mhaise dom a leithéid a rá le cailín cráifeach b'fhéidir, ach, i ndiaidh an iomláin, ba é sin an taobh den tseithe ba mhó a bhí ag déanamh scime di.

Tháinig meangadh gáire lena liopaí, meangadh beag cliste nach bhfaca mé ar aon chailín riamh. Ar a laghad, ba ise an chéad ghirseach a chonaic mé ag drannadh an mheangaidh sin liomsa. Bhí fonn craicinn ag teacht ar Shorcha!

Lig Mín miongháire aisti agus d'fhiafraigh sí díom, an bhféadfainn faoiseamh a thabhairt do Shorcha, i gcruth is go gcreidfeadh sí feasta go raibh píosa deas craicinn inti d'fhear. Caithfidh sé gur tháinig luisne ionam ar an toirt, agus an teas a mhothaigh mé i mo leiceann. D'ardaigh an bod a cheann, agus é ag iarraidh teacht chun solais ó scáth an tuáille.

Bhain Mín an tuáille de Shorcha, agus í ag saighdeadh fúm: "Bain lán do shúl aisti! Nach bhfuil sí go deas? Nach bhfuil sí sách deas agat?

Ní raibh mé ábalta a rá ach: "Tá—"

Rug Mín ar chíoch chlé Shorcha agus í á hardú, ar dhóigh is go bhfeicfinn ní b'fhearr í agus an lá ag diúltú dá sholas. Chrom mé síos ar Shorcha agus chuir mé mo liopaí timpeall ar an dide. Dar Dia, shíl mé, scaoilfidh mé le mo chuid síl sula mbeidh a fhios agam féin é, agus beidh Sorcha leagtha suas agam. Níor bhraith mé mo bhod chomh crua sin riamh, agus ba dóigh liom go raibh sé le pléascadh ar an toirt. Ansin, mhothaigh mé Mín ag breith air, agus rith creathnú trí mo cholainn, nó ba é sin an chéad uair i mo shaol a bhain aon chailín dom thíos ansin.

"Cuirfidh mé coiscín ort, a stór," ar sise, agus í ag tarraingt mo bhoid leis an gcochall rubair a chur air.

Ansin, stiúir sí mo sháiteán isteach i bhfaighin Shorcha, agus mé faoi iontas go hiomlán. Ar theastaigh uaithi go mbeinn ag bualadh craicinn lena cara, cé go raibh an chuma ar an scéal go gairid roimhe sin gurb ise a bheadh mar leannán agam?

"Bí á stialláil," ar sise liom, "tabhair faoiseamh do Shorcha, ós é atá uaithi. Nach bhfuil sí sách deas agat?"

Arís, ba é an t-aon fhocal amháin a tháinig liom ná: "Tá—"

Agus ansin, ní raibh ar an saol ach Sorcha agus mise. Thosaigh mé ag shá mo bhoid isteach inti, agus mé ag cuimilt mo dhá lámh timpeall a colainne, ag iarraidh í a chur ar bhealach an aoibhnis. Thug mé póg i ndiaidh a chéile di, agus mé ag súgradh lena cluasa nó ag ligean do mo chuid méar dul síos le cnámh a droma. Mhothaigh mé ag creathnú fúm í, agus mé á cuimilt. Bhí mé ag bualadh craicinn díreach mar nach mbeadh an dara háiméar i ndán dom ina dhiaidh seo, agus ba léir nár thaise dise é.

Nuair a chuaigh an tonn aoibhnis tríd an mbeirt againn, chonacthas dom gur phléasc buama adamhach taobh thiar de mo mhagairlí. San am chéanna, mhothaigh mé Sorcha ag únfairt is ag lúbarnaigh fúm, agus ag amharc siar ar an ragús éadóchasach a bhí orainn, is ábhar iontais dom nár thit an puball isteach agus an dóigh a raibh muid ag ciceáil uainn. I ndiaidh an bhabhta craicinn, chaith muid tamall fada inár luí in aice le chéile agus ag cuimilt a chéile. Ach mar sin féin, bhí mé cineál míshásta. I ndiaidh an iomláin, ba do Mhín ba mhó a thug mé taitneamh, agus b'fhearr liom luí léise, in áit Shorcha. Ón taobh eile de, ámh, ba mhór an trua liom Sorcha a thréigean ar mhaithe le Mín, ó ba léir go raibh sí in anás féinmhuiníne agus nár shíl sí mórán dá háilleacht féin.

Mar sin féin, shantaigh mé Mín i gcónaí. Nuair a bhí mé ag bualadh craicinn le Sorcha, bhí an ghirseach eile ag cuimilt a báltaí féin lena leathlámh le faoiseamh a fháil, ach anois, bhí sé de dhíobháil orm go mór mór Mín a fháscadh chugam. Ina dhiaidh sin, agus an triúr againn ag teacht chugainn i ndiaidh tionnúr beag codlata a dhéanamh, chrom mé ar Mhín a phógadh agus a chuimilt, agus is é an deireadh a tháinig leis an gcluiche sin ná an rud a raibh súil leis: sháigh mé isteach mo bhod, agus chaith mé tamall ag streachailt leathair le Mín. Níor tháinig maolú ar bith ar an teasghrá a bhí tugtha agam di, a mhalairt ar fad, nó ba leasc liom greim mo lámh a scaoileadh di i ndiaidh ár gcomhriachtana. Mar sin féin, b'éigean dúinn aird a thabhairt ar Shorcha, agus an faitíos a bhí uirthi go ligfimis síos í. Nuair a bhí an obair críochnaithe agam le Mín, ní raibh de rogha agam ach Sorcha a ghiúmaráil arís. Ba mhór an obair é beirt chailíní a shásamh, agus nuair a bhí sé thart, bhí mé traochta ar fad.

Sa deireadh, thit ár gcodladh ar an triúr againn arís, agus sinn ag coinneáil teasa le chéile faoinár gcuid blaincéad. Le teacht an lae, tháinig muid chugainn arís, ach anois, ní raibh tuilleadh craicinn ar fáil dom ó cheachtar den bheirt acu. Rud ba mheasa fós, áfach, nár éirigh liom cumann grá a chur ar bun le Mín ina dhiaidh sin féin. Le fírinne, is dócha go raibh na cailíní do mo mhilleánú faoin dóigh a ndeachaigh siad thar cailc an oíche sin, agus mar sin, bhí an seanchairdeas imithe idir mé féin agus iadsan. Ní raibh mé ábalta, áfach, Mín a ligean i ndearmad. Is iomaí oíche aonair a chaith mé ag bleán mo bhoid agus ag brionglóidigh fúithi.

An grá éagmhaise sin a thug mé do Mhín, is follasach gur fhág sé goimh de chineál éigin ionam, goimh nár tháinig cneas ceart thairsti riamh. Nuair a chuimhnigh mé ar na cailíní ar fhéach mé leis an gcoimeadar a chur orthu ó sin i leith, b'éigean dom a admháil nár éirigh liom go rómhaith le haon bhean acu. An chuid ba mhó de na hócáidí, ní raibh mé ábalta oiread is síneadh leis an ngirseach, gan aon trácht ar chumann ceart grá. Bhí cupla cailín ann a bhí sásta a gcosa a scaradh i m'araicis, ach sin a raibh ann: nuair a bhí an gnó déanta againn, agus an oíche thart, d'fhág siad slán agam go múinte agus as go brách leo as m'árasán agus as mo shaol.

Is beag a rithfeadh liom ar an lá úd go raibh athrú saoil daite dom in achomaireacht. Bhí mé díreach do m'ullmhú do scrúduithe samhraidh na hollscoile, agus chuaigh mé go dtí an leabharlann le stampa nua a fháil ar cheann de na leabhair a bhí le léamh agam, i gcruth is go bhféadfainn í a choinneáil agam seachtain eile. Nuair a rinne mé mo bhealach trasna an urláir go dtí an deasc sheirbhíse, bhí súil agam le bean de na leabharlannaithe meánaosta a raibh ballaíocht aithne agam orthu ón gcupla mí a chaith mé féin i mo chúntóir anseo, corradh agus bliain roimhe sin. Baineadh stangadh asam nuair a chonaic mé bean óg dheas ag teacht i m'araicis ón gcúlseomra.

"Dia duit," arsa mise, agus sórt iontais orm.

"Dia is Muire duit," ar sise.

"Gabh mo leithscéal, ach is dóigh liom nach bhfaca mé thú ag obair anseo riamh. Is cosúil go bhfuil tú díreach úrfhostaithe."

"Tá. Tá mé ag staidéar leabharlannaíochta, agus mé le mo sheal oiliúna a dhéanamh anseo i rith an tsamhraidh."

"Chaith mé féin seal ag obair anseo anuraidh tá's agat. Mar sin, d'fhéadfá a rá go bhfuil sórt aithne agam ar an teach agus ar a bhfuil ann. Ba mhaith liom iasacht an leabhair seo a athnuachan, más é do thoil é."

Ghlac an cailín leis an leabhar uaim. Tharraing sí a scanóir láimhe thar an mbarrchód ar an gclúdach, agus í ag caitheamh taobhshúile ar scáileán an ríomhaire. "Fan nóiméad.... Ó, is oth liom."

"Cad é?"

"Tá triúr mac léinn i ndiaidh an leabhar seo a chur in áirithe, agus níl cóip ar bith eile ar an tseilf againn."

"Triúr eile a deir tú? Ó maigh-ó. Tá an leabhar ag teastáil uaim don scrúdú."

"Bhail, dealraíonn sé go bhfuil an triúr eile le dul faoin scrúdú céanna," ar sise. Ansin, áfach, chonaic mé splanc mhagúil ag lasadh suas ina súile. "Ach ar ndóigh, d'fhéadfainn an leabhar a athstampáil duit agus neamhshuim a dhéanamh den triúr eile—ar aon choinníoll amháin."

"Cén coinníoll?" a d'fhiosraigh mé, agus iontas orm.

"An rachfá go dtí na pictúir liom amárach?"

Ní raibh gíocs ná míocs asam i ndiaidh dom na focail sin a chloisteáil. Bheadh sí sásta athiasacht an leabhair a thabhairt dom faoi choim, ar acht is go rachainn ar scannán léi. Cad é an chuma a bhí ar chúrsaí an tsaoil inniu?

"Rachainn agus fáilte," a d'fhreagair mise, "ach tháinig seo cineál aniar aduaidh orm. Cad fáth a rachfása liom féin, thar aon duine eile? Níl aithne ar bith agat ormsa, agus tá an ollscoil foirgthe le stócaigh."

"Le fírinne," ar sise—Sadhbh a bhí uirthi, mar a chonaic mé ar an lipéad a bhí ar a cíoch chlé, agus creidigí uaim go raibh dhá chíoch chruinne dheasa aici—"ní thig a rá nach mbeadh aithne agam ort. Chuala mé an oiread seanchais ag foireann na háite fút agus go bhfuil mé cineál fiosrach anois."

Seanchas? Bhuel, ba chuma. Bhí an leabhar de dhíth orm go géar, agus ní raibh aon chaill ar an ngirseach ach an oiread. Le fírinne, chuir sí idir Shorcha agus Mhín i gcuimhne dom.

"Bíodh ina mhargadh," arsa mise.

Thug muid uimhreacha ár nguthán póca dá chéile, agus ansin, b'éigean di freastal ar chustaiméirí eile. Ba leasc liom cur isteach uirthi ina cuid oibre, agus mar sin, d'fhág mé slán aici go múinte. Stop mé ag an doras leis an spléachadh deireanach a thabhairt di sula nglanainn liom as an áit. D'fhreagair sí an t-amharc sin trasna an urláir, agus nuair a chas mé uaithi ar ais, ba dóigh liom go bhfaca mé ag bobáil súile í.

Chuaigh mé abhaile liom, agus an leabhar faoin ascaill agam. Bhí an t-árasán beag cúng ag breathnú lán chomh truamhéileach agus a bhí riamh. Ar ámharaí an tsaoil, bhí leaba cheart agam anois—is é sin, ní bhínn ag déanamh mo chuid codlata ar sheantocht a bhí caite fiarthrasna an tseomra a thuilleadh—ach is beag cuid súl a bhí san áit ar fad. Bhí na leabhair agus na dlúthdhioscaí ar fud an urláir, agus thairis sin, bhí na hirisí craicinn le feiceáil. Dá dtagadh

Sadhbh ar cuairt chugam, is dócha gurbh fhearr gan iad a bheith chomh nocht sin.

Chuir mé na liarlóga pornagrafacha i bhfolach i gceann de na tarraiceáin thíos sa chupard, agus ansin, chuir mé sonrú sa chúpla leabhar coimicí craicinn ar an tseilf. Ar chóir dom iad a cheilt ar Shadhbh chomh maith? Bhuel, is dócha go bhféadfainn a bhfágáil ansin, ceann acu ar a laghad. Nuair a thiocfadh an crú ar an tairne, ní bheadh ann ach rud a chuirfeadh in iúl do Shadhbh go raibh nádúr an fhir fhearga ionam. Mar a dúirt cara liom a bhí ina fhear mhór banaíochta, ní chuireann sé isteach ar an mbean go bhfuil suim agat i gcúrsaí craicinn, más léir di go bhfuil suim agat i gcúrsaí eile fosta. Thairis sin, ní hionann irisí craicinn den chineál shuarach agus coimicí craicinn le healaíontóir fiúntach. Ní cheadódh a náire don chuid is mó de na girseacha súil a chaitheamh ar an gcéad rud acu, ach ar ndóigh, ní bheadh siad leath chomh cotúil roimh an dara cuid. Sin é an cineál fimíneacht a bhíos ag roinnt leis na mná óga—gach rud a bhfuil míchlú na pornagrafaíochta air, seachnaíonn siad é, ach fan go gcuirtear an rud céanna ar fáil faoi ainm an anghrá, agus beidh tóir an diabhail acu air. Ach mar sin féin, nach cuma? Sin iad na cailíní duit, agus mura bhfuil tú sásta grá a thabhairt dóibh mar atá siad, mairfidh tú ag bleán do bhoid féin go gcaitear na trí sluaiste ort, mar is airí ort.

An lá arna mhárach, scairt Sadhbh ar an nguthán póca orm.

"Mora duit ar maidin," ar sise—bhí sé deich a'chlog agus ceart go leor bhí mise díreach ag iarraidh an leaba a fhágáil. "Cogar, an mbeidh tú sásta 'Paisean idir Dhá

Thine Bhealtaine' a fheiceáil anocht? D'éirigh liom dhá thicéad a fháil don taispeáint ar a deich a'chlog."

Deich a'chlog? B'ionann sin is a rá go dtiocfadh deireadh leis an scannán leathuair an chloig i ndiaidh an mheán oíche, a bheag nó a mhór. Ach ar ndóigh, bheinn breá sásta an scannán a fheiceáil. Bhí sé i mbéal an phobail i láthair na huaire, agus an chuma ar an scéal gur siamsaíocht mhaith a bhí ann. Go bunúsach, má bhí na léirmheasanna inchreidte, is éard a bhí ann ná scannán eachtránaíochta a chuirfeadh Indiana Jones i gcuimhne duit, agus blas den anghrá curtha leis sin a d'fhág an scannán cosúil le heachtraí Emmanuelle ó na seachtóidí. Sin go díreach an cineál scannáin ba bhreá leat a fheiceáil i gcuideachta Shaidhbhe, leoga. Ar ndóigh, bhí cuid de na léirmheastóirí ag caitheamh anuas ar an scannán, agus iad barúlach go raibh sé "ag oibiachtú na mban," ach sin é an port a bhíodh acu i gcónaí.

Tháinig Sadhbh nuair a bhí nóin bheag agus deireadh lae ann. D'iarr mé isteach í agus thaispeáin mé di go bhféadfadh sí suí síos sa chathaoir bhog nuair a bheinn féin ag cur caoi orm sa seomra folctha. Chuimil mé leathghualainn léi agus thug mé póg bhráithriúil di— ní raibh drithlí ar bith ann, cé go raibh sí lán chomh deas le feiceáil is a bhí riamh. Ar ndóigh mhothaigh mé righneas beag i mo bhod ach ní fhéadfá a rá go raibh ragús ceart ag teacht orm. Ach bhí mé breá sásta go raibh Sadhbh ann faoi dheoidh.

Ag dul faoin gcith sa seomra folctha dom bhí mé ag smaoineamh ar Shadhbh, an dóigh a gcuirfeadh sí sonrú sna coimicí anghrácha, an dóigh a mbéarfadh sí ar an leabhar, agus cineál sceitimíní ag teacht uirthi

nuair a d'fheicfeadh sí an sórt scéalta a bhí ann, an
dóigh a gcuirfeadh sí leathlámh ina gabhal le faoiseamh
a thabhairt di féin gan na héadaí a chur di.... Anois,
tháinig éirí craicinn orm féin i ndáiríribh, agus b'éigean
dom brú dhá mhéar a bhreith ar mo bhreall le mo
bhod a chur ina chodladh arís. I ndiaidh dom mé féin
a ghlanadh is a thriomú agus díbholaíoch a spraeáil
orm chuir mé malairt éadaí orm agus d'fhill mé ón
seomra folctha. Mar a taibhsíodh dom, bhí Sadhbh ag
léamh na gcoimicí anghrácha, ach níor náir léi é: ní
dhearna sí ach a súile a ardú agus sméideadh orm.

"Cad é mar a thaitníos an ceann sin leat?" arsa mise
le comhrá na colpaí a dhéanamh, ó chaithfimis tamall
maith a chur dínn anseo cibé sula mbeadh sé in am
againn gluaiseacht linn i dtreo na pictiúrlainne.

"An ceann seo?" ar sise. "Bhuel, le fírinne, níl sé thar
moladh beirte. Tá a fhios agat, ní maith liom stíl
línitheoireachta Crepax, agus níl mórán grinn ina
chuid saothar. Agus ní féidir le mo leithéid comh-
ionannú a dhéanamh leis na spanlóirí is na damháin
alla a dhéanas gnó na mban aige. Is fearr liom Pichard,
le fírinne." Tháinig meangadh mioscaiseach uirthi.
"D'aithneoinn mé féin ina chuid ban tá a fhios agat.
Agus bhí mé sna trithí gáire ag eachtraí Paulette i
Vítneam."

Muise, bhí Sadhbh ina saineolaí ar na coimicí
anghrácha! An rógaire mná! Ach le fírinne, ba mhaith
an rud é. Bean a bhí in ann comhrá a dhéanamh faoi
shaothar Crepax nó Pichard gan luisne teacht inti!

"An bhfaca tú a dhath le Manara riamh?" a d'fhia-
fraigh mé di.

"Chonaic," ar sise, "ach le fírinne níor bhain mé mórán suilt as a chuid saothar riamh. Cuireann an réalachas grianghrafach sin as dom ar bhealach, agus ar ndóigh is bábóga agus mainicíní iad na mná go léir aige. Bhuel, is maith liom cuid den mhagúlacht in 'Click!', ach ní oireann an nádúrachas sin don ghreann, dar liom."

"Cad é do bharúil ar 'Little Ego' le Vittorio Giardino?" a d'fhiosraigh mé.

"Bhuel," ar sise, "is maith liom an bunsmaoineamh, is é sin, brionglóidí anghrácha an chailín sin, ach arís is dóigh liom nach bhfuil róréadúlacht na léaráidí ag cur leis na scéalta. Cogar, an bhfuil a fhios agat eachtraí Natacha? Le healaíontóir darbh ainm Walthéry?"

"Natacha, an t-aeróstach? Cinnte le Dia," a d'fhreagair mé.

"Ba mhaith liom féin coimicí anghrácha i stíl Walthéry a fheiceáil," ar sise. Tháinig meangadh gáire uirthi. "Dá mbeinn ní b'fhearr ag tarraingt pictiúr, bhainfinn féin triail as."

"An mbíonn tú ag tarraingt phictiúr mar sin?"

"Bím, ach le fírinne níl ann ach caitheamh aimsire. Bhain mé an-sult as na ranganna ealaíne ar scoil, ach tá mé as cleachtadh inniu."

Tuigeadh dom anois cén fáth ar chuir sí an oiread sin suime ionam agus céard a bhí i gceist aici nuair a dúirt sé gur chuala sí an-iomrá orm ag foireann na leabharlainne. Bhí a fhios acu siúd go maith go raibh suim agam féin sna coimicí, na coimicí Eorpacha ach go háirithe. Ó ba mhaith le Sadhbh na coimicí agus na hamharcealaíona, is é an chéad tátal a bhain sí as an leabhar ná gur chóir di í a phlé liom mar shaothar ealaíne. Mar sin ní raibh suim aici ionam mar ábhar leannáin. Ón taobh eile de theastaigh uaithi go rachainn ag feiceáil scannán anghrách léi....

Ach ó bhí siad ag caint faoi na coimicí, sheansáil mé: "An bhfaca tú 'Morbus Gravis', le Serpieri? Druuna atá ar an mbean arb í laoch na sraithe í."

"Bhuel, tá cóip agam," ar sise, "ach cé go bhfuil Druuna féin thar barr"—cibé ba bhrí leis sin—"ní maith liom an t-atmaisféar duairc sin, an diostóipe agus an t-éadóchas. B'fhearr liom dá mbeadh scéalta suairce súgacha ann. Thairis sin, is é mo thuairim nach bhfuil sa duairceas sin ach cur i gcéill, staidiúir nach bhfuil croí an ealaíontóra inti i gceart, cineál stiúir a chuireas sé air féin." Thost sí ar feadh tamaill. "Caithfidh mé a admháil nach bhfuil mé róshásta leis an gcuid is mó de na coimicí anghrácha dá bhfuil ann. Thaitin scéalta áirithe le Gilbert Hernández go mór liom, áfach."

Chaith muid tamall fada ag caint le chéile mar sin, go dtí go raibh sé in am againn imeacht linn agus aghaidh a thabhairt ar an bpictiúrlann.

"Pálás na Draíochta?" arsa mise, cé go raibh a fhios go maith agam an áit.

"Cá háit eile," a d'fhreagair Sadhbh go gealgháireach.

Is éard a bhí i gceist le Pálás na Draíochta ná ceann de na seanphictiúrlanna nach raibh baint acu le sreanga móra an ghnó. Bhí an áit á reáchtáil ag fear beag cnagaosta arbh iad na scannáin for agus fónamh a shaoil, agus a bhreithiúnas féin aige ar céard ba scannán maith ann. Is é an leasainm a bhí ag na mic léinn air ná Draíodóir an Pháláis—sin, nó Draoidín an Pháláis, ós rud é nach raibh sé go díreach ar dhuine de na fir ab airde sa trí phobal. Ach ní raibh urchóid ar bith ann, ós rud é go raibh muid go léir an-mhór leis an Draoidín. Fear lách cairdiúil a bhí ann, duine uasal íseal, agus é breá sásta dul faoi agallamh ag seachtaineán na mac léinn faoi chúrsaí scannánaíochta agus faoin dearcadh a bhí aige orthu. Ba é an coincheap ba mhó agus ba tábhachtaí ina stór focal ná ionracas. "Is í an tsiamsaíocht mhaith is mó a theastaíos uaim—níos mó ná na scannáin leadránacha ealaíonta," ar seisean i gceann de na hagallaimh, agus é ag áitiú sa chéad abairt eile, "le nach mbainfí an tátal contráilte asam," go raibh meas aige ar stiúrthóirí ealaíonta freisin, "ar an duine acu nach bhfuil ag caitheamh púicín nach leis féin é agus nach dual dó, agus go bhfuil fís dá chuid féin aige". Roghnódh sé Russ Meyer thar aon stiúrthóir bréagealaíonta lá ar bith, a dúirt sé, ós rud é go raibh Meyer dílis dó féin. "Bhí fís ag Russ Meyer: cíocha móra a chur ar taispeáint ar an scáileán. D'fhéadfá a rá nach raibh ann ach madrúlacht agus gáirsiúlacht, ach is é mo bharúil gur fís ionraic a bhí ann. Más é an rud atá daite duit cíocha móra a scannánú, déan é agus ná bí ag iarraidh a mhalairt a ligean ort féin."

Sin é an cineál fear a bhí sa Draoidín. Nuair a chualathas an chéad iomrá ar "Paisean idir Dhá Thine Bhealtaine," ní raibh mo dhuine i bhfad ag cur an scannáin in áirithe le haghaidh a phictiúrlainne féin. Bhí an Draoidín an-ghnóthach ag déanamh promóisin don scannán sin, agus é barúlach go raibh "Paisean" thar barr mar shiamsaíocht de réir a thoighise agus a thuisceana féin.

Rinne Sadhbh agus mise comhrá éigin faoin Draoidín agus sinn ag dul go dtí an phictiúrlann, agus luaigh mé

Russ Meyer freisin. Ní raibh saothar leis siúd feicthe ag Sadhbh, ach de réir na luaidreán a chuala sí ní raibh siad chomh maith sin mar shiamsaíocht fiú de réir na gcritéar a bhí leagtha amach ag an Draoidín féin, ó bhí seanmóireacht éigin measctha tríothu. "Le fírinne," d'admhaigh sí, "is dóigh liom go dtuigim cás an Draoidín níos fearr ná an Draoidín féin. Ní chreidim go mbainfinn mórán suilt as saothar Meyer. B'fhearr liom pornagrafaíocht lom—bíonn sí ionraic, ar a laghad."

"An mbíonn tú ag breathnú ar phornagrafaíocht?" arsa mise. Bhain sé sórt stangadh asam. Dar fia b'fhéidir nach raibh sé chomh ciallmhar sin agam na hirisí craicinn a cheilt ar Shadhbh!

"Bhuel, ní bhacaim mórán léi inniu," a d'fhreagair sí ar nós cuma liom. "Chonaic mé mo chuid di nuair a bhí mé i mo dhéagóir agus suim agam inti mar is dual don aois sin, ach d'fhéadfá a rá gur thuirsigh mé di. Nuair a tuigeadh dom go raibh samhlaíocht ní b'fhearr agamsa ná acu siúd a bhí ag táirgeadh an stuif, chaill mé an chuid ba mhó den spéis a bhí agam ann go dtí sin. D'fhéadfainn í a dhéanamh ní b'fhearr ná lucht a déanta." Ansin, rinne sí draothgháire beag, beagnach searbh. "Tá súil agam nár bhain mé scanradh asat."

Tháinig sí aniar aduaidh orm ceart go leor, ach nuair a scrúdaigh mé mo chroí, tháinig mé ar an gconclúid nach raibh mé scanraithe ar aon nós. A mhalairt ar fad thaitin sí liom ní b'fhearr ná roimhe sin, chomh réidh ionraic is a bhí sí ag labhairt a hintinne i leith na gcúrsaí seo. "An mbíonn eagla ar na fir romhat mar sin?"

"Bíonn," ar sise. Ansin, tháinig gnúis bhrónach uirthi an chéad uair ó fuair mé aithne uirthi. "Anuraidh thit mé i ngrá le buachaill deas cúthail a raibh an-chuideachta agus an-chomhluadar ann. Bhí muid ag déanamh comhrá faoi gach uile shórt, agus shíl mé go raibh muid chomh mór le chéile agus ab fhéidir. Nuair a tháinig an crú ar an tairne áfach ní raibh sé sásta dul i gcumann ceart grá liom, nó is é an tátal a bhain sé asam ná go raibh mé róscaoilte faoi chúrsaí craicinn agus róbhog faoi mo chuid." Tháinig snag caointe ina guth. "Bhí mé chomh dúnta i ngrá leis is nár chuimhin liom fear ar bith eile a bheith ag siúl dhroim an domhain seo ar aon nós. Shíl mé go raibh sé ceart go leor aige mé a bheith chomh hionraic is a bhí—" Theip a glór uirthi agus d'aithin mé an chéad deoir faoi leathshúil aici.

"Gabh mo leithscéal," ar sise. "Níor chóir dom mo racht a ligean ortsa mar seo."

"Ó, ná bac, tá sé ceart go leor," arsa mise. "Is maith liomsa thú chomh neamhbhalbh is atá tú. Is mór an trua liom an t-amadán sin nár thuig a leas. Déan dearmad den diabhal fear agus coinnigh do shúil ar an lá inniu agus amárach."

Thriomaigh Sadhbh a cuid deor.

"Ba mhaith liom rud amháin a admháil leat," ar sise, "ach níl mé cinnte an gcreidfidh tú uaim choíche é."

"Bain triail as," arsa mise.

"Tá mé ceithre bliana fichead d'aois," a d'fhreagair sise, "agus ní raibh caidreamh collaí agam le haon duine riamh."

"Muise tá sé ag dul rite liom é a chreidiúint uait," arsa mise, "ach más amhlaidh, tuigim anois an dóigh ar ghoill sé ort an diúltú sin a fháil ó do bhuachaill." Agus diabhal smid bhréige a bhí ann, nó is iomaí diúltú den chineál chéanna a fuair mé ó na mná i rith na mblianta. Théigh mo chroí le Sadhbh. An raibh mé ag titim i ngrá léi?

"Go raibh maith agat," ar sise. Chuala mé an ghealgháirí dheas mhioscaiseach ina glór arís, rud a thaitin liom go mór. "Tá a fhios agat, gach aon fhear eile a ndéarfainn an rud céanna leis, is é an chéad fhreagra a rithfeadh leis ná áis agus iasacht a bhoid a thairiscint dom le fadhb thromchúiseach mo mhaighdeanais a leigheas."

Ba í sin Sadhbh i mbarr a maitheasa, mar ab fhearr ab aithnid dom í. "Tá tú rochiniciúil i leith na bhfear," arsa mise tar éis gáire maith a ligean asam. "Éist an amaidí, a stór. Tá Pálás na Draíochta thall ansin, cibé scéal é."

Bhí muis, bhí muid díreach ag teacht i gcóngar don áit. Rug mé greim ar lámh Shaidhbhe, agus bhraith mé creathnú beag ag dul trína colainn nuair a d'fhreagair sí an greim. Ansin, chuaigh muid isteach sa Phálás.

Bhí forhalla na pictiúrlainne breac le póstaeir gháifeacha scannán. Cuid mhór acu ba athchlónna ar phóstaeir stairiúla iad. Bhí spiorad an úinéara ar fud na háite: ba léir go raibh fios maith a ghnó ag an duine a bhí ag reáchtáil na pictiúrlainne seo. Bhí an Draoidín féin thíos san fhorhalla, agus é sáite i gcomhrá le beirt fhear óg ó chlub scannán na hollscoile.

"Ó muise, nach é Proinsias é!"

Bhain duine éigin do mo leathghualainn, agus thiontaigh mé timpeall le radharc a fháil air. Cé eile a bheadh ann ach Tadhg an Cheamara.

Fear meánaosta, nó fiú scothaosta, a bhí i dTadhg an Cheamara cé go raibh sé deacair a aois a aithint i gceart gan dianscrúdú a dhéanamh air, nó bhí folt mór catach gruaige air a d'fhág cosúil le Jim Morrison é agus a chuaigh i bhfeidhm ort ní ba láidire ná an chuid eile dá dhealramh. Chaitheadh sé a chuid ama ag déanamh grianghraf de scoraíochtaí agus d'airneáin na mac léinn, de na ceolchoirmeacha rac mar shampla, agus é ag foilsiú "tuarascálacha" fótachoipeáilte i ndiaidh na n-imeachtaí. Ar dtús bhí ráflaí de gach sórt á n-insint faoi. Bhí a lán barúlach gur gníomhaire rúnda de chuid an Bhrainse Speisialta ab ea é agus an chuid eile ag déanamh gur claonachán craicinn a bhí ann agus é ag iarraidh cluain a chur ar chailíní, nó fiú ar bhuachaillí, le haghaidh cóisir ghnéis agus drugaí. Má d'aithin lucht na ráflaí chomh cosúil is a bhí Tadhg le Jim Morrison, is dócha nár bhain sé de na ráflaí seo go díreach, nó bhí an ghlúin óg ní b'eolaí ar neamh-mheasarthacht Mhorrison i gcúrsaí leathair agus drugaí ná ar a chuid ceoil. De réir a chéile, áfach, fuair na daoine aithne air agus tuigeadh dóibh nach raibh ann ach fear maith macánta gan urchóid agus gur fónta an obair a bhí idir lámhaibh aige ag doiciméadú shaol na n-óg sa chathair.

Bhí cúpla focal aigeanta agam le Tadhg, agus ansin bheannaigh sé do Shadhbh. Tháinig sé chun solais go raibh ballaíocht aithne aige ar an gcailín, ach ar ndóigh, fear cuideachtúil caidreamhach a bhí ann agus aithne aige ar chách—uasal is íseal, sean is óg, fireann is baineann agus gach cineál idir eatarthu. Agus thairis sin chaithfeadh Tadhg cuairt a thabhairt ar leabharlann na hollscoile ó am go ham. Go bhfios dom bhí céim aige san antraipeolaíocht, agus ailt léannta foilsithe aige in irisí antraipeolaíocha freisin—rud follasach go raibh litríocht ag teastáil uaidh uaireanta le haghaidh an chineál seo oibre. Le fírinne ba í an antraipeolaíocht ba spreagadh don doiciméadú a bhí sé a dhéanamh ar shaol na mac léinn.

"Mar sin, an bhfuil Proinsias ag iarraidh thú a fhostú mar leabharlannaí príobháideach?" a dúirt Tadhg le Sadhbh. Tháinig luisne bheag dheas i leiceann na girsí, agus má bhi sí dathúil cheana féin, d'fhág an deargadh sin i bhfad ní b'áille fós í. "Bhuel," ar sise, "is féidir go bhfuil, ach caithfidh sé a chuid leabhar a thaispeáint dom go fóill." Ag rá an méid seo di bhí sí ag sciotaíl gháire lán chomh neirbhíseach is a shamhlófá le cailin cheithre blian fichead a bhí ina maighdean i gcónaí.

D'fhreagair Tadhg an gáire agus d'fhág sé slán is beannacht againn, nó bhí gnó iriseoireachta aige anseo. Rachadh an Draoidín faoi agallamh aige, agus dhéanfadh Tadhg cúpla grianghraf den phictiúrlannaí chomh maith. Ar ndóigh, bhíodh an fear mór ceamara-dóireachta seo ag dul le saoririseoireacht freisin, sa bhreis ar an iliomad dual eile ar a choigeal.

"Fear barrúil é siúd," arsa Sadhbh. "Nuair a tháinig sé go dtí an leabharlann an chéad uair le mo linn, chuir sé scáth eagla agus scáfaireacht orm. Ní raibh mé in ann an tátal ceart a bhaint as mo dhuine, agus an chosúlacht sin air. Ach ansin d'aithin mé gur duine lách cineálta a bhí ann agus go raibh an fhoireann go leor cairdiúil leis, agus ansin fuair mé amach go raibh sé ag staidéar eolaíocht pholaitiúil san ollscoil."

"Eolaíocht pholaitiúil?" a d'fhreagair mise. "Shíl mé gur antraipeolaí a bhí ann."

"Tá céim aige san antraipeolaíocht aige ceart go leor," arsa Sadhbh, agus an chuma uirthi go raibh sí cineál bródúil as a bheith in áit mo mhúinte anois, "ach mar a chuala mise, tá sé ag iarraidh céim eile a bhaint amach san eolaíocht pholaitiúil."

"Bhuel," arsa mise, "tá ladar i ngach mias ag mo dhuine, mar is dual dó. Ag Dia atá a fhios cá bhfaigheann sé an fuinneamh le hé féin a choinneáil ag imeacht, ós fear cnagaosta é cheana. Ach cogar anois, ní mór dúinn dul isteach. Táthar ag oscailt an dorais."

Muise, bhí na maoir ag ligean daoine isteach sa halla féachana cheana. Thum Sadhbh leathlámh ina mála láimhe agus tharraing sí amach na ticéid. Ansin, chuaigh muid suas an cúpla céim staighre le teacht ar an léibheann os comhair bhealach isteach an halla féachana. Thaispeáin muid na ticéid don mhaor, agus tháinig meangadh fáiltiúil air. Sméid sé a cheann orainn, agus isteach linn ansin.

Na suíocháin a bhí againn bhí siad i lár na sraithe deireanaí, i bhfad ar shiúl ón lucht féachana eile. Ní raibh an halla féachana ach scothlán, agus ba mhic léinn iad an chuid ba mhó dá raibh ann. D'ardaigh Sadhbh a lámha agus chuir sí taobh thiar dá ceann iad, agus í ag síneadh siar ina suíochán. Ní bean bheag bhídeach a bhí inti go díreach, ach mar sin féin bhí sí ábalta suí go compordach ansin, rud a bhí ag dul díom féin, ós fear mór ard mise. An dóigh a raibh sí ag síneadh a cnámha ansin, bhí sí ag déanamh an-seó den dá chíoch mhóra chruinne dheasa sin aici—le fírinne d'fhág sí chomh feiceálach iad agus ab fhéidir léi gan na héadaí a bhaint di. Nuair nár éirigh liom gan mo dhá shúil a shá iontu, lig Sadhbh gáire beag aisti.

Ansin, thosaigh na soilse á maolú go mall, agus an dorchadas ag breith orainn de réir a chéile. Tháinig an chéad fhógrán ar an scáileán sula raibh na soilse lánmhúchta. Cuir codladh d'oíche ó mhaith leis an gcaife seo, bain na fiacla de do dhrandal leis an milsínteacht sin nó siúd.... Agus ansin, chonaic muid teideal an scannáin á leathadh amach os ár gcomhair: PAISEAN IDIR DHÁ THINE BHEALTAINE.

Níorbh áibhéil a rá gur meascán as eachtraí dufaire agus eachtraí earótacha a bhí ann. Bhí laoch meán-aosta, duairc, tostach ann agus é ar a sheachnadh ón tsibhialtacht i dteach tábhairne ar imeall na gcoillte doimhne trópaiceacha nach raibh aon duine ach é féin eolach orthu. Ar ndóigh tháinig buíon taighde agus taiscéalaíochta ag lorg cuidiú agus treoraíochta air, nó bhí siad ag iarraidh iarsmaí an teampaill a fhionnadh a bhí i bhfolach sna coillte seo máguaird, de réir mar a bhí le léamh ar shean-lámhscríbhinní ar thángthas trasna orthu anseo na scórtha bliain ó shin agus nár baineadh ciall ná tuiscint astu ach le déanaí.

Ós scannán anghrách a bhí ann, bhí beirt bhan óga leis na taighdeoirí—iriseoir mná agus í ar coipeadh le hanghrá fiain, agus cúntóir taighde nach raibh ach ag fanacht leis an bhfear ceart a mhusclódh an paisean inti. Agus, dar fia, bhí dealramh áirithe ag an dara bean acu le Sadhbh.

Ba léir go raibh an bheirt ghirseach sin doirte don laoch rúndiamhair ó thús an scannáin, agus gach bean acu ag iarraidh é a chealgadh chuici féin. Mar sin, ba mhinic a bhí radharc ag an lucht féachana ar bhean acu, agus í ag caitheamh scriosán bocht cúng éadaigh de chineál éigin a d'fhág an chuid ba mhó dá colainn ris. D'fhág an scannán cuid a súl ag na féachadóirí ban freisin, áfach. Nuair a casadh sruth, loch nó dobhar eile ar an mbuíon i nduibheagáin na dufaire, chuaigh an laoch fearga fearúil ag snámh le smúit agus salachar an taistil a ghlanadh dá chuid matán, agus ar ndóigh, ní raibh ceachtar den bheirt chailíní i bhfad ag teacht i láthair le lán a súl a bhaint as an gcuradh.

Bhí triantán grá ag faibhriú, mar sin, agus an t-iriseoir mná agus an cúntóir cúthail taighde araon ag tabhairt teasghrá don fhear chiúin. Ós bean theasaí a bhí sa nuachtánaí, agus í chomh santach sa sásamh chollaí is gur chuma léi faoi ghnéas a leannáin, bhí sí ag iarraidh an cúntóir taighde a mhealladh chun babhta craicinn nuair a bhí an bheirt acu á bhfolcadh san abhainn. Tháinig an bhuíon taighde ar an teampall faoi dheireadh, ach, rud nach raibh súil leis acu féin cé gur léir é don fhéachadóir roimh ré, bhí treibh chruálach ag faire na háite agus ag cleachtadh deasghnátha déistineacha. Bhí folt órga ar gach fear sa treibh, agus iad go léir ag breathnú cosúil le haisteoirí breise i scannán faoi ré na Naitsithe sa Ghearmáin. Dream bagrach a bhí iontu muise, nó d'fhéadfá stiúgadh le gáire i ndiaidh an chéad radharc a fháil orthu, agus— rud eile nár tháinig aniar aduaidh ar an lucht féachana—d'fhuadaigh siad na cailíní agus bhain siad a gcuid éadaí díobh le go mbeadh cuid ár súl againn arís. Phéinteáil fear asarlaíochta na treibhe comharthaí mistéireacha timpeall ar chíocha na gcailíní, agus thosaigh an chuma ag teacht ar an scéal go raibh an treibh meáite ar iad a íobairt do dhia nó do neach neamhshaolta eile dá gcuid, arbh é Uch a ainm. Bhí cuaille mór ard ar dhéanamh boid ina sheasamh i lár shráidbhaile na treibhe, agus ba é an cuaille seo tótam an dé úd Uch, nó ar a laghad bhí fir na treibhe ag umhlú don chuaille sin agus ag rá "Uch" leis. Ní raibh sé soiléir cé acu a bhí an treibh dírithe ar na girseacha a mharú leis na miodóga lannleathana a raibh ceann acu á bheartú ag gach fear sa treibh, nó ar iad a shluaéigniú. Bheifeá ag súil leis an dara rogha acu, ó nach raibh bean ar bith de chuid na treibhe féin le feiceáil—shílfeá go raibh cuid mná ag teastáil uathu go géar, mar sin.

Pé scéal é, bhí laochas an fhir chiúin go mór mór de dhíth leis na cailíní a shábháil. Agus iad ina gcraicne dearga ag fanacht le cibé dúchinniúint a bhí fir na treibhe a ullmhú dóibh, thosaigh na girseacha ag pógadh agus ag cuimilt a chéile. San am chéanna bhí treoraí tréan treisiúil tostach na buíne taighde ag déanamh téisclime le teacht chun fortachta do na girseacha. Níor theip na pleananna air, ó ba é an laoch é, ach mar sin féin, choinnigh an t-éalú an féachadóir i bpianpháis, agus an dóigh a gcaithfeadh an fear agus an bheirt chailíní dul i bhfolach ó phatróil na bhfear treibhe. Ar ndóigh, nuair a d'fhill an bhuíon ar bhaclainn na sibhialtachta, bhí an laoch ag teastáil ón mbeirt bhan le haghaidh aicsean craicinn i gcónaí. Bhí oíche theasaí leathair aige leo, ach sa deireadh, ní raibh sé sásta glacadh le ceachtar acu mar leannán seasta. D'fhág na cailíní slán aige, agus d'fhan an laoch thiar sa teach tábhairne ar imeall na dufaire i gcuideachta an t-aon leannán amháin a raibh fíorghrá aige dó, is é sin, an t-uisce beatha.

Ba é sin an scéal, nó a mhianach ab fhearr a rá, ach le fírinne bhí éirithe le lucht a scannánaithe a lán bia agus feola a chur timpeall ar na cnámha loma sin. Ar ndóigh, d'fhéadfá a rá nach raibh sa scéal féin ach amaidí agus go ndeachaigh an scriptscríbhneoir i ndeireadh a dhúthrachta ag iarraidh scéal chomh háiféiseach a chumadh is a d'éireodh leis. Ach maidir leis an gcriú scannánaíochta, gan trácht a dhéanamh ar na haisteoirí, chaithfeá a admháil go ndearna siad jab maith de, tríd is tríd. Bhí an teannas anghrách ag dul in airde go nádúrtha, agus má bhí an scannán ag cur thar maoil le nochtacht, ní fhéadfá a rá nach raibh cúiseanna plotála leis sin. Cé go raibh na haisteoirí dathúil, ní raibh an iomarca smididh orthu, ná ionchlannáin chíoch ag na mná.

Bhí greim docht daingean ag Sadhbh ar mo lámh dheas ó thús go deireadh an scannáin, agus cheadaigh sí do na himeachtaí dul i bhfeidhm uirthi go hiomlán. Mhothaigh mé ag creathnú í nuair a chonacthas laoch ciúin misniúil muscalach mascalach an scannáin ag taispeáint a chuid matán ar an scáileán, ach thairis sin, ba léir go raibh suim éigin aici ina raibh á dhéanamh ag an mbeirt bhan le chéile. Uair nó dhó thug Sadhbh póg dom, agus m'anam don diucs má fuair mé póg chomh teasaí sin ó aon bhean riamh. Ní dhearna mé iarracht í a chrúbáil ná a mhéarú, áfach.

Nuair a bhí an scannán ag druidim chun deiridh, áfach, stiúir Sadhbh mo lámh isteach ina gabhal féin. Baineadh stangadh asam, ach ansin ní dhearna mé ach mo lámh a fháscadh go séimh cúramach uirthi. Dhírigh sí amach a colainn go tobann agus lig sí scread beagnach dochluinte aisti.

Ansin bhí an scannán thart agus las na soilse suas as an nua. Tharraing mé mo lámh ar ais chugam, ach ansin fuair mé greim docht ar chiotóg an chailín arís.

Ní féidir liom a shéanadh go raibh mo bhod ina cholgsheasamh, ach má bhí féin, bhí mé leath cnagtha ag an tuirse. Cé go raibh Sadhbh deas dathúil, agus í ar sheol na braiche a raibh fágtha den oíche a chaitheamh ag bualadh craicinn liomsa, ní raibh mé róchinnte go mbeinn ábalta í a chur ar bhealach a haoibhnis, agus mo chodladh ag titim orm. Thairis sin, dá mba é an chéad uair aici é, ní bheadh sí sásta le rúpáil leath-chodlatach oibre sa leaba—bheadh séimhe agus foighne ag teastáil.

Faoin am sin, bhí Sadhbh faoi dháir ar fad. De réir dealraimh, bhí sí meáite ar shlán a fhágáil ag a maighdeanas anocht. Bhuel, chaithfinn dul sa bhearna bhaoil, ach ar mhí-ámharaí an tsaoil, bhí na cnámha ag luí orm i ndiaidh dom an tamall fada sin a chaith-eamh i mo shuí go hanacair. Ón taobh eile de, ba ola ar do chroí é bheith ag baint lán do shúl as Sadhbh agus an ragús a bhí uirthi. D'fhéadfá a rá go raibh sí do mo tharraingt ina diaidh, agus má bhí aon rud á tarraingt féin ba é an fonn mínáireach craicinn é.

Bhí cónaí ar Shadhbh i mbloc árasán a bhí tógtha as brící dearga, agus é ceithre urlár ar airde. Bhí a cuid méar ag creathnú le teann sceitimíní, agus thit an eochair as a lámh nuair a bhí sí ag iarraidh í a shá isteach i gcró an ghlais. Ní dhearna sí ach gáire faoi sin, agus í ag cromadh síos leis an eochair a ardú ó na leaca coincréite. Thug mé in amhail cuidiú léi, ach bhí sí róluath agam. Bhí sí ag imeacht scaoilte le macnas, agus chreid sí gurbh iad an doras mór seo thíos agus

doras a hárasáin féin thuas an dá chonstaic dheirean-
acha idir í agus ríocht an aoibhnis.

Ní raibh ardaitheoir ar bith sa teach, agus mar sin
b'éigean dúinn siúl suas an staighre go dtí an tríú
hurlár. Ar ámharaí an tsaoil ní ar an gceann ab airde a
bhí Sadhbh ina cónaí. Bhí mé chomh tuirseach ag dul
isteach ina hárasán is nach raibh mórán ar m'intinn ach
an codladh agus an suan. Chuaigh sise ar an leithreas,
agus chaith mé féin súil i mo thimpeall.

Bhí áit dheas ag Sadhbh i ndáiríre. Dúirt sí liom go
raibh sí as cleachtadh mar ealaíontóir, ach má dúirt
féin, is dócha nach raibh ann ach modhúlacht. Bhí
pictiúir línithe leathdhéanta ar a deasc, agus cinn
chríochnaithe a raibh lorg na láimhe céanna le haithint
orthu ar na ballaí. Bhí móitífeanna éagsúla ann: sean-
scríobhaí ón Meánaois ag breacadh síos litreacha
maisiúla ar a scrolla; seanleabharlann thréigthe ina
raibh na damháin alla ag déanamh a n-abhrais féin;
agus ansin, bhí cúpla ceann ann a raibh blas an anghrá
orthu freisin. Bhí féinphortráid amháin ann a chuaigh
go mór i bhfeidhm orm: sa cheann sin bhí sí le feiceáil
ina craiceann dearg, bean óg álainn áilíosach, agus
gnúis chumhach bhrionglóideach uirthi. Bhí daoine ag
bualadh leathair ina timpeall mar a bheadh féasta fiáin
collaíochta ar siúl acu, fir agus mná nach raibh ach
sceitseáilte go doiléir. Cur síos coscrach a bhí ann ar a
huaigneas collaí féin, agus mhothaigh mé righneas nua
i mo bhod nuair a chuimhnigh mé go raibh an cailín
sin anseo, in aice láimhe liom.

Chuala mé doras an tseomra fholctha á oscailt, agus
d'iompaigh mé ina threo. Bhí Sadhbh ina seasamh os
mo chomhair, agus í nocht ar fad faoina fallaing

fholctha. Bhí sí ag starógacht orm le dhá shúil a bhí chomh lonrach le dhá aibhleog sa dorchadas, agus nuair a thriail sí labhairt, níor tháinig ach bog-chaoineadh bocht piachánach as a scornach.

D'fháisc mé chugam í agus mé á pógadh, agus má bhí mé tuirseach roimhe sin níor chuimhin liom é a thuilleadh. Bhí mé ag cogar ina cluas go raibh sí ar an mbean ab áille, ab fhearr, ba mhíorúiltí dár casadh orm riamh, agus ba dual don fhallaing sin titim di go sciobtha. Phóg mé an dá chíoch mhóra mhillteanacha úd, agus ansin, d'oibrigh mé mo theanga ar leathdhide léi. Theastaigh uaim gach aon cheintiméadar cearnach dá colainn a phógadh, a lí agus a chuimilt. Mhothaigh mé ag creathnú í nuair a bhain mé dá pis, agus rith smaoineamh liom. Thosaigh mé ag mionchroitheadh mo chuid méar thíos ansin. "Tonnchreathaire nádúr-tha," arsa mise, agus phléasc a gáire ar an gcailín. D'aithin mé gur thaitin an tonnchreathaire sin léi go mór, agus d'fhéach mé chuige nach raibh an cailín i bhfad ag baint amach bhuaicphointe an aoibhnis. Bhuail fonn diabhlaíochta mé: cé go raibh sí sna trithí ag a hórgasam cheana féin, ní dhearna mé ach leanúint liom.

Bhí Sadhbh ag béicfigh mar a bheadh sí ag foghlaim an bháis, agus ba trua liom na comharsana an dóigh a raibh sí ag cur di. Nuair a fuair mé amach go raibh mo bhod féin sách crua agus nach raibh mo chodladh ag titim orm go díreach, chaith mé mo chuid éadaí uaim agus d'fháisc mé Sadhbh chugam in athuair. Mhothaigh mé a teas ar feadh mo cholainne féin, agus rug sí ar mo sháiteán lena méara cúthaile cúramacha.

Scar sí a gabhal go fial fáiltiúil romham, agus í ag ábhaillí le mo bhod.

Ach ansin, thosaigh na fadhbanna:

"An bhfuil rubar agat?"

"Níl, shíl mé go raibh ceann agatsa!"

An seanphort céanna go deo deo, muise!

Bhí tost ann ar feadh tamaill, ach sa deireadh dúirt mise: "Bhuel—beidh lá eile ag an bPaorach, nach mbeidh?"

Tháinig aoibh gháire ar Shadhbh, agus is é an freagra a thug sí ná: "Beidh, ach tá rud amháin ann a chaithfeas mé a rá—"

"Cad é an rud é?"

"Ní raibh a fhios agam go raibh sloinne ar leith ar do philibín. Bhuel, a Philib de Paor, cén chaoi a bhfuil tú?" Chroith sí mo bhod mar a bheadh sí ag croitheadh láimhe liom. Phléasc ár ngáire orainn arís, agus nuair a bhí ár racht ligthe againn luigh muid síos agus sinn snaidhmthe go cluthar ina chéile. Thit ár gcodladh orainn, agus d'fhan muid i dtoirchim suain go dtí gur thosaigh an clog aláraim ag clingireacht go cársánach i bhfad bhfad róluath. Rinne Sadhbh mochóirí, mar is dual don leabharlannaí choinsiasach, ach d'fhan mise i mo luí, agus níor lig a croí di ruaigeadh a chur orm as an árasán. Nuair a tháinig mé chugam i gceart, bhí an ghrian i bhfad in airde cheana, agus Sadhbh imithe le trí uaire an chloig anuas, ar a laghad.

Bhí anam agus spiorad an chailín le haithint ar an árasán go léir, sna pictiúir, sna leabhair agus sna baill éadaigh a bhí fágtha anseo is ansiúd ar na troscáin. B'amhlaidh ba mhó a ghoill sé orm í a bheith imithe. Bhí a fhios agam go dtiocfadh sí ar ais nuair a dhúnfaí an leabharlann, ach mar sin féin mhothaigh mé an cineál caitheamh ag teacht agam arís a luíodh orm i ndiaidh na gcailíní a d'fhág ar an mblár folamh mé i ndiaidh oíche amháin comhriachtana.

Ba chuimhin liom bean acu anois—thiocfadh linn Eibhlín a thabhairt orthu. Ba ghirseach mhacnasach í a bhí ag déanamh staidéir le bheith ina speisialtóir meán cumarsáide de chineál éigin, agus féith an ealaíontóra inti, díreach mar a bhí i Sadhbh féin. Déanta na fírinne, bhí sí fiú i ndealramh le Sadhbh. Bhain sí an-fhad as an gcomhriachtain le méadú ar an sult, agus cathuithe uirthi fad a bhaint as an gcumann chomh maith. San am chéanna bhí a fhios aici nach raibh sí i ngrá liom. Bhí sí suite siúráilte nach mbeadh sí i bhfad ag cur dúil nimhe san aoibhneas chollaí a bhí le fáil uaim, ar sise, agus eagla uirthi roimh an andúil sin. Nó, le bheith beacht, bhí eagla uirthi roimh an gcumhacht a d'fhágfadh an andúil sin agam uirthi. Ní raibh muinín aici asam go dtuigfinn an fhreagracht a rachadh lena leithéid de chumhacht. Ní raibh mé in ann húm ná hám a rá le maolú ar an mímhuinín sin, agus mar sin, d'imigh sí uaim go deo, díreach mar ba dual do na cailíní riamh.

Bhí suim agam in Eibhlín, mar dhuine. Nuair a chonaic mé na pictiúir a bhí tarraingthe aici, theastaigh uaim labhairt léi fúthu le teacht isteach ar a cuid mothúchán, ar an gcineál pearsantachta a bhí inti, ach nuair a tháinig an crú ar an tairne, ní fhaca sí ionam ach—bhuel, tonnchreathaire daonna le haghaidh a pite. Agus bhí an chuma ag teacht ar an scéal nár thaise do Shadhbh é.

Bhí clúdach litreach ar an gcathaoir in aice leis an leaba, agus m'ainm breactha síos air. Ba leasc liom an clúdach a oscailt, nó bhí an teachtaireacht á taibhsiú dom cheana: bhí an t-órgasam thar barr, ach tá's agat, tuigeann tú, creid uaim, blá-blá-blá, slán agus beannacht, Sadhbh. Bhuel, stróic mé an clúdach den litir agus chrom mé ar í a léamh.

"A Phroinsiais, a stór!"

"Chuaigh mé ag obair. Bhí tú i do chodladh chomh sámh is nach bhfuair mé ó mo chroí tú a mhúscailt i gceart. Fan ansin a fhad agus is mian leat, ná déan coimhthíos ar bith. Ba mhaith liom tú a fheiceáil os comhair dhoras mór na leabharlainne ag a hocht a chlog, nuair a bheas an áit á dúnadh. Is féidir linn cupán caife a chaitheamh siar chois na Faiche Móire, dul sna pictiúir nó pé rud is rogha leat a dhéanamh ansin. Ceannaigh coiscíní le do thoil, ná déan dearmad de. Bhí tú go hiontach ag tabhairt sásamh láimhe dom, a stór"—chonaic mé gur thosaigh a lámh ag creathnú nuair a bhreac sí síos an méid seo—"ach creid uaim go bhfuil an rud eile sin ag teastáil go géar uaim. Tá súil agam go bhfeice mé thú arís chomh luath agus is féidir. Le grá mór, mise, Sadhbh."

Bhuel ar a laghad bhí mo chuideachta de dhíth uirthi go fóill. Théigh mo chroí le Sadhbh arís agus chaith mé póg chuig an bhféinphortráid anghrách ar an mballa.

Rug an tráthnóna orm ag déanamh mo bhealaigh i dtreo na leabharlainne arís agus siúl sciobtha fúm. Caithfidh mé a admháil gur bhain mé amach an áit roinnt ama roimh uair a dúnta, agus ba é ba thoradh dó go bhfuair mé cuid mhaith spochadóireachta ó na leabharlannaithe eile. Nó ní raibh Sadhbh taobh thiar den deasc, ach i seomra bailiúcháin an tsiléir, áit a mbínn féin ag obair go minic nuair a bhí mé ag cur mo sheala féin díom sa leabharlann.

"A Phroinsiais," a dúirt bean de na seanleabhar-lannaithe liom, "ó tá tú féin eolach ar an áit sin, bheadh sé chomh maith agat dul síos ansin agus beannú do Shadhbh. Ní fheicim a dhath as bealach leis sin, ós seanoibrí de chuid an tí thú, tar éis an tsaoil."

Ní raibh an dara cuireadh de dhíth orm muise! Chuaigh mé síos go dtí an seomra bailiúcháin, agus cé gur seomra mór millteanach a bhí ann agus é lán seilf-eanna, ní raibh mé i bhfad ag fáil radhairc ar Shadhbh agus í ag léamh na gcód aicmiúcháin ag iarraidh teacht ar an áit cheart le haghaidh na leabhar trom téagartha a bhí sí a tharraingt léi. Bhí sí ag breathnú roimpi go buartha tuirseach, ach tháinig aoibh gháire uirthi ar an toirt nuair a d'aithin sí mé.

"Cad é atá tú a dhéanamh thíos anseo?" a d'fhiafraigh sí. "Tá súil agam go bhfuair tú cead ón bhfoireann. Fainic an bhfaighfeá Máiréad amach faoi seo."

"Ba í Máiréad féin a mhol dom dul ag triall ort," arsa mise. "Is dócha gur shíl sí go bhféadfainn cuidiú leat anseo, ó tá cur amach maith agam ar an mbailiúchán."

"Mar chineál sclábhaí ócáidiúil gan tuarastal? Bhuel, sin é an rud a shamhlófá le Máiréad, tíosach seiftiúil cnuaisciúnta is mar a bhí sí riamh. Ceart go leor mar sin. Thíos anseo a chaith tú an chuid ba mhó de do sheal oibre féin, nach ea? Bhuel tá mo chroí briste go hiomlán ag an gcóras aicmiúcháin a úsáidtear anseo. Tá sé bun os cionn go hiomlán leis an aicmiúchán idirnáisiúnta."

"Abair é," arsa mise. "Leabharlannaí éigin a bhí ag obair sa teach seo tá cúpla scór bliain ó shin a d'oibrigh amach an córas as a stuaim féin. I ndiaidh di dul ar pinsean ní bhfuair aon duine óna chroí an t-iomlán a athaicmiú, ó bhí an bailiúchán seo fásta chomh mór seo idir an dá linn. Is dócha nár rith le haon duine i dtús báire go mbeadh sé ciallmhar an t-ábhar gearrshaolach a aicmiú de réir an chórais idirnáisiúnta."

"A leithéid d'amaidí," arsa Sadhbh. "Dá mbeinn féin i m'Ard-Leabharlannaí d'ordóinn dom féin eagar ceart a chur ar an ábhar gearrshaolach."

"Duit féin? Dá mbeifeá i d'Ard-Leabharlannaí, bheadh ábhar leabharlannaí éigin faoi oiliúint agat a chuirfeadh an obair sin i gcrích duit."

"Ceart go leor. Dá mbeinn i m'Ard-Leabharlannaí, thabharfainn ordú d'ábhar óg dhíograiseach leabharlannaí éigin, cosúil liom féin, an córas idirnáisiúnta aicmiúcháin a chur i bhfeidhm ar an mbailiúchán seo."

Chaith mé súil ar na leabhair a bhí á n-iompar ag Sadhbh, agus ghlac mé cúpla ceann acu uaithi, ó bhí sí ag tuirsiú díobh cheana féin. "Ó sea, is éard atá ann ná seafóid na bliana ó Oifig Náisiúnta na hIniúchóireachta. Tá a fhios agam go maith cá bhfuil a dtriall—ar an tseilf thall ansin."

D'ardaigh Sadhbh leathlámh le méar a phointeáil ar an tseilf. "An ceann sin an ea?" Agus ar an tsoicind sin, díreach mar a bheadh freagra neamhshaolta ar a cuid focal ann, chuaigh na soilse as, agus fágadh an bheirt againn sa dorchadas is duibhe is féidir leat a shamhlú.

Baineadh scanradh asam ar dtús, nó shíl mé gurbh iad mo dhá shúil a chlis orm. "Cad é a tharla?"

"Diabhal a dhath as an ngnáth," arsa Sadhbh. "Mhúch duine éigin na soilse orainn nuair a shíl sé gurbh é an duine deireanach ag imeacht."

Bhí an bailiúchán seo suite faoi thalamh, i siléar na leabharlainne, agus ní raibh oiread is aon fhuinneog amháin ann. Mar sin, nuair a theip na soilse ort thíos anseo, fuair tú amach cad ba dorchadas ann i ndáiríre.

"Cá bhfuil tú, a Shadhbh?" arsa mise. Ní raibh mé in ann a aithint go cruinn cá raibh a guth ag teacht. Chrágáil mé romham agus i mo thimpeall, ach níor tháinig mé uirthi ar aon nós, agus bhí an scanradh ag seangú orm.

"Anseo," ar sise go haigeanta. Ba doiligh a rá i gcónaí, áfach, cad é ba chiall le "anseo". Nuair nach raibh oiread is léaró solais ann, ní raibh mé cinnte, an raibh na seilfeanna os mo chomhair, taobh thiar díom, ar chlé nó ar dheis uaim. Thairis sin, nuair a bhí Sadhbh ag caint, chuir iarann oibrithe na seilfeanna macalla miotail lena glór a chuirfeadh róbat i gcuimhne duit, agus leis an macalla sin chuaigh díom a aithint cá raibh sí ar aon nós.

Go tobann, chuir Sadhbh a lámha timpeall orm. Más geit féin a bhain sí asam, ba deas an gheit a bhí ann. "Anseo atá mé, a stór," ar sise. "Caithfidh muid teacht ar an lasc sholais anois."

Nuair a d'fháisc Sadhbh chuici féin mé, tháinig mothú deas i mo bhod arís, agus d'fhan mé tamall mar a raibh mé, ag baint suilt as teas a colainne. D'iompaigh mé chuici ionas gur aithin sí chomh crua is a bhí an sáiteán.

Lig Sadhbh osna aisti. Ba léir go raibh fonn craicinn ag teacht uirthi chomh maith liomsa.

"Dar fia," ar sise, "tá mé ar bharr lasrach ó rinn go sáil. Ná himigh uaim, a Phroinsiais. Tabhair póg dom, a stór, guím thú."

Theagmhaigh ár liopaí le chéile, agus chuaigh creathnú tríom. Bhí mo bhod chomh crua le barra iarainn, agus é ag brú ar leathcheathrúin léi. Thug mé in amhail na bratóga a phiocadh di leis na cíocha móra troma deasa sin a shaoradh ó bhráca, ach ansin stop sí mé.

"Ná bain na héadaí díom go fóill, a stór. Ní thiocfaimis orthu arís sa dorchadas. Fan go fóill. Tá almóir anseo agus deasc ann, chomh maith le lampa léitheoireachta. Is féidir linn dul ansin, má éiríonn liom teacht a fhad leis an mballa—"

Thosaigh Sadhbh do mo tharraingt ina diaidh, agus í ag brath a slí roimpi le leathlámh. Sa deireadh, tháinig sí ar an mballa.

"Á-há," ar sise go sásta. "Tá a fhios agam anois cá bhfuil muid. Tar liom go mbainfidh muid amach an t-almóir."

Ba chuimhneach liomsa an t-almóir, ach nuair a bhí mise ag obair san áit, ní raibh ann ach sórt stóras mangarae le haghaidh osteilgeoirí, monatóirí agus ríomhairí nach raibh aon mhaith iontu a thuilleadh— briste nó caite mar a bhí siad. Anois, bhí an truflais go léir ar shiúl, agus ionad beag deas oibre cóirithe istigh anseo: deasc, ríomhaire, lampa agus gléasra leabharlannaíochta eile. Nuair a las Sadhbh an solas, d'iompaigh an t-almóir ina nideog chluthar chroíúil, mar a bheadh teach solais ann i lár na stoirme ar an teiscinn mhór.

"Creidim nach bhfuil aon duine fágtha san fhoirgneamh seo a thuilleadh," arsa Sadhbh, "ach mar sin féin, is fearr liom scáthlán a chur idir sinn agus an chuid eile den tsiléar." Agus dáiríre bhí scáthlán fillte ann a tharraing sí amach leis an almóir a dheighilt ó sheomra na seilfeanna. Ansin, bhí muid inár n-aonar istigh ansin—agus dá bhfeicfeá na coinnle i súile mo chailín! Chaith sí gach ball éadaigh di mar a bheadh a culaith ag cur ailléirge uirthi, agus i ndiaidh leathnóiméidín, bhí sí os comhair mo shúl chomh nocht is a bhí sí ar lá a breithe. Nach ise a bhí miorúilteach macnasach meallacach, agus solas an lampa ag fágáil scáthanna móra ag damhsa ar a craiceann.

An tamall a chaith muid ag iarraidh an t-almóir seo a bhaint amach, mhaolaigh sé beagáinín ar m'adharc, ach anois, mhothaigh mé na féitheoga timpeall mo bhoid ag bogadh óna n-áiteanna agus an fhuil ag tonnadh isteach thíos ansin. Nuair a bhain Sadhbh an treabhsar díom, bhí breall mo philibín ina caor thine ar fad.

Anois, bhí coiscín aici, agus cé go raibh a lámha ag croitheadh, d'éirigh léi an rubar a chur orm go néata. Agus sula raibh a fhios agam, bhí mé i mo spréiteachán ar urlár an almóra, agus Sadhbh ag marcaíocht orm i dtreo thír an aoibhnis.

CAITRÍONA

Chonacthas do Chaitríona go raibh a saol thart sula raibh sé tosaithe i gceart. Nuair a chuaigh sí ag staidéar sa chathair mhór ba chuma léi go fóill nár chaith sí oiread is aon oíche amháin riamh faoi aon bhlaincéad le buachaill ar bith. Nuair a bhí sí ag cromadh ar an gcéim a bhaint amach, shíl sí go mbeadh a sáith ama aici i ndiaidh na hollscoile. Anois, bhí sí cúig bliana fichead d'aois, agus níor casadh fear ar bith uirthi go fóill.

Is é sin, an fear a bheadh in ann í a chnagadh as a seasamh. Ar ndóigh bhí aithne aici ar a lán fear, ach is dócha gur chuir a radharc-sa eagla nó cotadh ar gach aon neach acu siúd. Bean as an ngnáth a bhí inti, muise. Bhí sí ní b'airde ná an chuid eile acu, agus cuid súl a bhí inti fosta. Ní mainicín seang stiúgtha ab ea í ach bean dheas dhathúil a mbeadh cuid do lámh inti dá mbeadh de dhánaíocht ionat baint di.

Ar ndóigh bhí na fir bhaothghalánta ann agus iad siúd sách teann astu féin le ceiliúr a chur ar Chaitríona. Fir dhea-ghléasta, dhea-fheistithe a bhí iontu a shíl go raibh fáil acu ar aon bhean a leagfaidís súil uirthi. Bhí na fir seo ag breathnú mar a bheidís ag teacht ó chóisir na hambasáide le dul go dinnéar gnó an chomhlachta osnáisiúnta. Ní bhfaighidís ó Chaitríona ach cur ó dhoras, áfach, nó bhí aithne an chineál saoil orthu nár thaitin le Caitríona riamh. Manglaim ildaite a gcuirfeadh a gcosúlacht féin na putóga bun os cionn ionat, gan trácht ar bith a dhéanamh ar an alcól iontu; ionracais mhí-ionraice agus gáirí meangacha mealltacha; damhsaí a bhrisfeadh caolta do chos fút agus tú ag iarraidh do chothromaíocht a choinneáil ar na sála miodóige.

Arbh amhlaidh a chaithfeadh sí féin ceiliúr craicinn a chur ar an bhfear a gheobhadh sí oiriúnach don obair, beag beann ar cé acu a bheadh sí doirte i gceart dó nó nach mbeadh? Bhuel, ba dócha nach raibh an dara suí sa bhuaile aici tar éis an tsaoil, ach ar ndóigh bhí sí idir dhá chomhairle faoi sin. Níor theastaigh uaithi a clú a chailleadh. Muise, ba é sin ancheist na mná ar na saoltaibh seo. Go teoiriciúil, bhí cead a cinn is a craicinn aici, ach go praiticiúil, dá n-iarrfadh sí go múinte ar fhear dheas éigin síneadh léi, bheadh bodaigh an trí phobal fichead ag éileamh a gcirt uirthi an lá arna mhárach, más é a gceart a bhí ann.

Ar chóir di an cheist a chur ar Éamonn? Fear singil a bhí ann a raibh aithne mhaith aici air. Cairde ab ea iad, le fírinne. Bhí seisean cúpla bliain thar an tríocha d'aois. Chaith sé deich mbliana in aontíos le cailín ar chuir sé aithne uirthi sa mheánscoil, ach ansin scar siad le chéile, agus ina dhiaidh sin ní bhíodh ach girseacha ócáidiúla ag mo dhuine. Leannán ligthe lúfar leapa a bheadh ann, dar le Caitríona. Ní raibh sé cúthail ná cotúil i gcuideachta ban, agus féach na lámha a bhí aige! Lámha a bhí in ann obair mhionchruinn a dhéanamh, rud a bhí feicthe aicise le fada. Anois, tá a fhios ag cách gur obair mhionchruinn é bean a shásamh, nach bhfuil?

An raibh sí i ngrá le hÉamonn? Ní raibh ná geall leis, ach ón taobh eile de mhothaíodh sí í féin ar a sáimhín suilt ina chomhluadar. Ba deas an cara a bhí ann. Dá n-admhódh sí leis nach raibh fear aici riamh, ghlacfadh sé ar nós na réidhe é, agus sin a mbeadh ann. Ach, cad é an cineál aisfhreagra a thabharfadh sé dá n-iarrfadh sí air oíche a chaitheamh léi? Uaireanta, thráchtadh Éamann ar a chúrsaí craicinn féin le Caitríona, mar is dual do chara a shaol a phlé le cara eile. An raibh sé ag féachaint le ragús a chur uirthi leis na scéalta sin? Ní raibh muise, agus le fírinne, má bhí fonn uirthise chuig Éamann, níorbh iad na scéalta sin ba chúis leis, ach na lámha.

Na lámha sin! Shaothraíodh Éamann a chuid ina oibrí oifige, ach nuair nach raibh sé ag obair, bhí a lán dual eile ar a choigeal, agus ní bheifeá ag samhlú a mhalairt le fear aonair dáiríribh, go háirithe le fear ar theastaigh uaidh a lámha a choinneáil ag imeacht. Bhí deil sa bhaile aige le haghaidh potaireachta, agus é ina dhealbhóir réasúnta maith freisin. Bhíodh Caitríona ina cuspa aige ó am go ham, agus ceann de na bustaí a rinne sé di, bhronn sé uirthi é, agus é ina sheasamh ar an leabhragán sa bhaile aici. Nuair a bhí sí ina suí os comhair an fhir, agus é ag múnlú is ag fuineadh na cré leis na lámha miorúilteacha sin, ní raibh sí in ann an smaoineamh a sheachaint gur mhéanar don bhean a mhothódh méara Éamainn ag mapáil a craicinn, a cíoch, a gabhail....

An chéad rud a rithfeadh le cailleach an uafáis ná go mbeadh dealbhóir ag bualadh craicinn lena chuid cuspaí, ar ndóigh. Ach ní mar a shíltear a bhítear. Mná óga, ar comhaois le Caitríona nó ní b'óige fós, a bhíodh ina gcuspaí ag Éamann, ach nuair a bhí sé cromtha ar an obair dhealbhóireachta, bhí iomlán a chroí sáite ina raibh idir lámhaibh aige, agus má bhí sé ag cabaireacht faoi gach cineál rudaí ó neamh go hÁrainn san am, faoi chúrsaí íogaire pearsanta fiú, ní mhothófá míchompord ar bith ort faoi. Má bhí caidreamh leathair ar bith aige le mná, bhí na mná sin timpeall ar thríocha bliain d'aois, agus iad clóite cleachtach ag bualadh craicinn. Ní raibh ach suim aeistéitice ag mo dhuine i gcomhaoiseanna Chaitríona, de réir dhealraimh, nó bhí mná ab aibí ná iad ag teastáil uaidh le haghaidh na leapa. Ní ghlacfadh sé leor ach le bean a dhiongbhála, lena chómhaith féin. Bhí lámha Éamainn oilte ar a gcuid oibre, agus an bhean a gheobhadh í féin eatarthu, chaithfeadh sí deachú nó praghas na proifisiúntachta sin a íoc ar dhóigh éigin. Chaithfeá a bheith i do lúithnire mhaith le páirt a ghlacadh sna cluichí Oilimpeacha seo, de réir chosúlachta, ach ní raibh oiliúint cheart lúthchleasaíochta ar Chaitríona.

Mar sin, mhair Caitríona ag teacht ar cuairt chuig Éamann agus ag déanamh cuspa dó. Lá de na laethanta, áfach, sciorr caint ón bhfear a d'athraigh na cúrsaí ó bhonn.

"Cár imigh do bhuachaill, Seosamh?" a d'fhiafraigh Éamann di. "Is fada ó chonaic mé an uair dheireanach le chéile sibh."

"Seosamh? Mo bhuachaill? Cad é atá tú a rá?" arsa Caitríona. Bhain focail an fhir stangadh aisti..

"Nárbh é do bhuachaill é?" arsa Éamann. Bhí iontas air féin. "Ba mhinic a d'fheicinn le chéile sibh tá cúpla mí ó shin."

"Ó bhuel, níorbh é mo bhuachaill é ná geall leis," a mhínigh Caitríona. "Níl ann ach fear aitheantais. Rinne mé staidéar in éineacht lena dheirfiúr, agus nuair a bhí gnó éigin aige sa chathair seo d'iarr sise orm cuideachta éigin a dhéanamh dó fad is a bheadh sé anseo, an buachaill bocht. Ní raibh ach seal trí seachtaine ann. Cúiseanna proifisiúnta a bhí aige le teacht anseo, nó is saor ríomhairí de chineál éigin é, ríomhinnealtóir nó cibé a thabharfá ar a leithéid, agus spailp oibre aige sa taobh seo den tír. Tá cónaí air i bhfad ar shiúl, áfach."

"Bhuel shíl mé go raibh nóisean éigin aige duit, ar an iompraíocht a bhí faoi," arsa Éamonn.

"Mar is dual dá leithéidí," arsa Caitríona. "An sampla bocht. Duine acu seo atá níos cleachta le comhluadar na ríomhairí ná le caidreamh na ndaoine—caidreamh na mban ach go háirithe. Bhí sé an-mhíchompordach i mo chuideachta, an créatúr, agus ní raibh mé in ann mórán cainte a dhéanamh leis sular thrácht mé ar a dheirfiúr. Ansin, bhain sé an tsreang den mhála. Dá bhfeicfeá an t-athrú ó bhonn a tháinig air agus é ag spalpadh leis faoin saol a bhí ag an mbeirt acu nuair a bhí siad ina leanaí. Scéalta deasa páistiúla. Caithfidh mé a admháil gur bhain mé an-sult as a chuideachta fad is a d'fhan sé ar an téad áirithe sin. Nuair a chuaigh mé ag baint fóideoga eile leis, agus ga seá is piachán ann i ndiaidh na scéalta a bhí inste aige faoi laethanta a óige, d'fhill a sheanchotadh air arís. Ní mé cathain a rinneadh fear óg faiteach faichilleach de, más crosdiabhal beag bídeach a bhí ann ina thachrán dó."

"Bhuel, tuigim," arsa Éamonn. "Tuigim do chás, agus is fearr fós a thuigim a chás-san, dar liom. Is iomaí buachaill cúthail den chineál sin a chonaic mé féin." Bhí sé cromtha ar a chuid oibre arís, agus a lámha ag foirmiú na cré mar ba dual dóibh. Le fírinne bhí na lámha sin ag obair beag beann ar a bhéal, agus an dealbh ag dul chun cosúlachta le Caitríona go tiubh tapaidh.

"Uaireanta," arsa Caitríona, "agus é ag eachtraíocht leis faoina laethanta leanbaí, mhothaigh mé—bhuel, mhothaigh mé cineál fonn chuige. Is é sin, an fear geanúil greannmhar a bhí ann nuair a bhí sé ag smaoineamh ar a chéad óige, d'fhéadfainn titim i ngrá leis, ach ansin, nuair a d'éist sé an scéalaíocht sin, tháinig an diúlach dúr duairc dúranta dúnárasach ina áit, agus ní raibh a fhios agam an dóigh le greim an dara fear seo a scaoileadh den chéad fhear acu. Bhuel, an Dochtúir Jekyll agus an tUasal Hyde, tá a fhios agat."

"Nuair a chonaic mé le chéile sibh," arsa Éamann, "bhí an chuma oraibh go raibh sibh ag baint an-sult as cuideachta a chéile. Sin é an tuige gur cheap mé go raibh cumann grá de chineál éigin agaibh."

"Bhuel bhí mé á spreagadh chun na scéalta sin faoina óige a insint. Ba é sin an t-aon dóigh le bheith compordach ina chomhluadar." Lig sí osna. "Ar bhealach d'fhág sé cineál náire orm. Is é sin, ní raibh mé puinn ní b'fhearr ná eisean. Chaith sé féin na blianta fada ag staidéar, ionas nach raibh áiméar aige bealaí na mban a fhoghlaim—agus mise, chaith mé na blianta fada ag staidéar, ionas nach raibh áiméar agam bealaí na bhfear a fhoghlaim. Ar dhóigh, bhí muid an-chosúil le chéile, ach ó bhí sé chomh seachantach is a bhí, ní raibh muid in ann teagmháil cheart a dhéanamh, ná bheith compordach i gcuideachta a chéile. Agus is dócha nach ndearna mé mo dhícheall ar mhaithe leis an teagmháil sin."

Lig Éamann gáire beag leathscigiúil as. "Bhuel anois, a chailín, cumarsáid de shórt éigin atá i gceist le grá, má tá a leithéid de rud ann agus grá ar aon nós. Mura bhfuil cumarsáid agus teagmháil cheart ann, ní féidir don ghrá bláthú ach an oiread." Chuaigh sé ina thost ar feadh tamaill, agus é ag déanamh a mharana chomh domhain is gur éist sé an dealbhóireacht—rud nár dhual d'Éamann ar aon nós. "Le fírinne sin é an dóigh ar tháinig deireadh leis an gcumann a bhí agam le Gobnait." Ba í Gobnait an cailín a bhí ina bean chéile aige, nó geall leis, ar feadh deich mbliana. "Nuair a thráigh an chumarsáid, theip ar an ngrá, agus sin a raibh ann."

Cumarsáid! Cumarsáid oscailte! Caint neamhbhalbh! Caint neamhbhalbh a bhí de dhíth! Anois, nó choíche!—a shíl Caitríona.

"Mar sin," ar sise, agus crith ina glór, "ba mhaith liom gar amháin a iarraidh ort, gar mór."

"Cén gar?" arsa Éamann. Bhí sé ag caint ar nós cuma liom, ó bhí sé cromtha ar a chuid dealbhóireachta arís.

"An gcaithfeá oíche liom?" a d'fhiafraigh sí.

Stad lámha an fhir den dealbhóireacht chomh túisce is a bhí an méid seo ráite ag Caitríona.

"Tá a fhios agat go rachadh sé in aghaidh stoith orm bheith ag bualadh craicinn le bean de na cuspaí.

Thairis sin, is dócha go gcuirfeadh sé deann trí mo chroí."

"Cén fáth?"

"Bhí Gobnait ina cuspa agam nuair a bhí mé óg. Dá mbeadh oíche leathair agam leat, nó le haon bhean eile de na cuspaí, is dócha go réabfadh na cuimhní sin as a chéile mé. Thairis sin, chaithfinn an obair seo a fhágáil gan chríochnú. Ní mór dom an dealbhóir agus an fear a choinneáil dealaithe ó chéile. Cuspa maith thú, a Chaitríona, agus sin a bhfuil de."

"Le fírinne," arsa Caitríona, "níor theastaigh uaim oíche a chaitheamh leis an bhfear, ach leis an dealbhóir. Adhraím do lámha agus iad i mbun oibre, agus ba mhaith liom iad a mhothú ar mo chraiceann. Is minic a chuir an smaoineamh sin ó chodladh na hoíche mé."

Mura ndeachaigh na focail sin i gcion ar Éamann, níor lá go maidin é. Chuir sé leathmhaig ar a cheann agus chaith sé tamall fada ag stánadh ar an gcailín. Ansin, d'ardaigh sé a lámha óna chuid oibre le bheith ag starógacht ar a dhearnana féin.

D'éirigh Caitríona ina seasamh agus thosaigh sí ag baint na mball éadaigh di féin. Ní dhearna sí iarracht ar bith geáitsí speisialta "anghrácha" a chur uirthi, mar a bheadh cailín griognochta inti. A mhalairt ar fad chaith sí na héadaí di mar a bheadh sí le suí síos sa tobán nó le dul faoin gcithfholcadh. Déanta na fírinne bhí sí ina cuspa nocht roimhe seo ag Éamann, agus mhothaigh sí í féin compordach ar fad ina craiceann dearg i gcuideachta an dealbhóra.

Dhearc Caitríona go domhain isteach i súile an fhir, agus d'fhreagair sé an t-amharc sin, cé go raibh sé cineál seachantach i dtús, beagnach cúthail. Chuir sé an obair dhealbhóireachta i leataobh go ciúin cúramach cáiréiseach, thug sé cuairt ar an leithreas lena lámha a ní, agus nuair a tháinig sé ar ais bhí sé á dtriomú le tuáille mór liathbhán.

Ansin, labhair sé leis.

"Ceart go leor, a Chaitríona. Déanfaidh mé rud ort. Díol molta é gur labhair tú d'intinn, agus más iad lámha an ealaíontóra atá de dhíth ort, gheobhaidh tú a n-áis faoi chroí mhór mhaith." Lig sé osna as, agus é ag dul i dtreo an chailín. "Ach is deacair a rá, an féidir liom an fear a choinneáil scartha ón dealbhóir i ndiaidh an iomláin."

Shín sé a lámha uaidh, agus bhraith sise crith deas san áit ar aithin sí teas na méar sular theagmhaigh siad ar a craiceann. Bhí lámha Éamainn i bhfad ní ba deise, ní ba mhíorúiltí ná mar a samhlaíodh dise roimh ré iad.

Chaith Éamann na héadaí de féin, agus mhothaigh Caitríona teas an bhoid chrua ar thaobh leathleise léi. Bhí an fear ag méaradradh agus ag pógadh a cíoch, agus barra a chuid méar lán chomh cúramach, chomh hoilte ag súgradh le didí na mná agus a bhí siad ag fuineadh na cré.

Níorbh fhéidir a rá nach raibh a fhios ag Caitríona roimhe seo céard ba ragús ann. Ba mhinic agus ba mhionmhinic a thugadh sí faoiseamh láimhe di féin, agus mar sin d'fhaigheadh sí órgasam go tráthrialta. Anois, áfach, bhí sí faoi dháir ó mhullach go sáil. D'aithin sí an fonn craicinn ar fud na colainne, agus bhí gach aon chill inti ag glaoch ar shásamh gnéis.

Ach is ábhar gliondair é an cíocras agus an t-ampla féin in aice a shásaimh. Ghlac Éamann a am le Caitríona, nó níor thosaigh sé ag sá an bhoid isteach

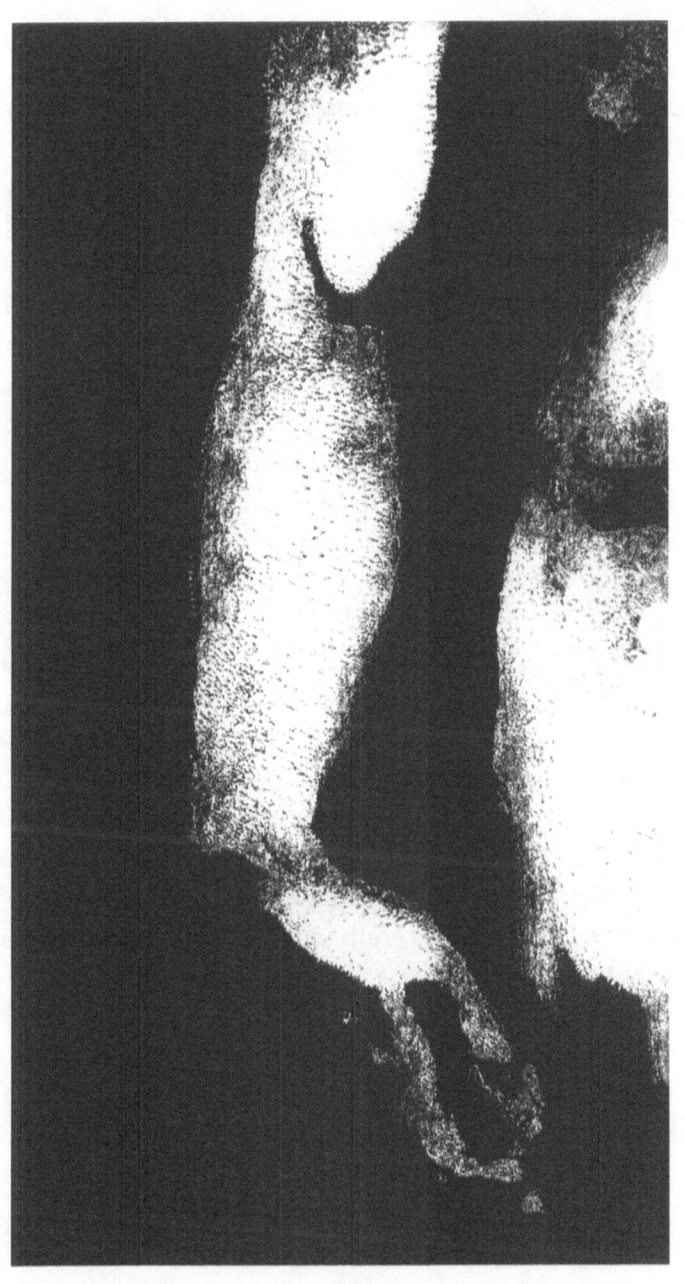

go fóill. Ina áit sin d'oibrigh sé na lámha mánla millteanacha míorúilteacha sin uirthi. Lig an ghirseach scréach bheag nuair a mhothaigh sí ceann de mhéara an fhir ag déanamh a bhealaigh isteach a faighin, ach nuair a thosaigh an fear ag mionchroitheadh na méire taobh istigh, tháinig léaspáin agus sclimpíní ar a súile le teann aoibhnis.

Agus níl anseo ach an réamhimirt! Níl muid tosaithe i gceart go fóill! a shíl Caitríona. Thosaigh sí ag uallfartaigh, ag screadaíl agus ag scréacharnaigh, agus nuair a mhothaigh sí na creathanna taobh istigh dá faighin, tháinig meangadh gáire ar liopaí an fhir, agus é ag rá léi i gcogar séimh: "Ná dúisigh an chathair go léir, a Chaitríona, is leor a leath."

Ansin phléasc a gáire féin ar Chaitríona, agus thug sí póg d'Éamann.

Tar éis na réamhimeartha thosaigh an chomhriachtain féin. I ndiaidh na heachtra seo, agus í ag cuimhneamh ar imeachtaí na hoíche, bhí dearmad dubh dorcha déanta ag Caitríona de conas a tháinig siad ón seomra suí go dtí an seomra codlata, nó ba é an chéad rud eile ba chuimhin léi ná go raibh sí ina luí spréite ar leaba an fhir, agus eisean ag déanamh cuiginne os a cionn. Ní raibh an t-órgasam mór i bhfad ag teacht uirthi, agus lig sí racht nua go fiain fíochmhar.

Bhí sí tuirseach traochta i ndiaidh buaic a suilt a shroicheadh di, agus thit a codladh uirthi go gairid ina dhiaidh sin. D'fhan sí ina toirchim suain go dtí gur thit an chéad solas gréine uirthi ón bhfuinneog, agus tuigeadh di go raibh sé in am aici an áit a fhágáil le dul go dtí an obair. Bhreac sí síos teachtaireacht bheag d'Éamann a bhí ina chodladh i gcónaí, agus ghlan sí í féin faoin gcith sa seomra folctha sular chuir sí a cuid éadaí ar ais uirthi féin. D'imigh sí léi ansin ar bharraicíní a cos agus dhún sí an doras go ciúin cúramach ina diaidh.

Ba é sin deireadh an chumann craicinn a bhí ag Caitríona le hÉamonn. Agus, mo léan géar, ba é sin deireadh a gcairdis fosta. Nuair a chuir sí an chéad teachtaireacht ríomhphoist eile chuig Éamonn ag fiafraí de conas a bhí sé anois, is é an freagra a fuair sí ná "post coitum animal triste," is é sin, bíonn dúlagar intinne ar an ainmhí i ndiaidh na comhriachtana. Nuair a d'iarr sí ar an bhfear míniú éigin a thabhairt ar a raibh i gceist aige leis an nathán seo, d'fhreagair Éamonn go raibh a chuid mothúchán trí chéile agus gurbh fhearr nach mbeadh caidreamh ar bith ag Caitríona leis go ceann tamaill. Mar a taibhsíodh dó, agus de réir an réamhrabhaidh a thug sé don chailín, tháinig na cuimhní frithire ar Ghobnait chun solais arís. Réabadh an cneas den ghoimh, agus mar sin, bhraith Éamann é féin go dona ar fad. Mar ba dual don fhear uasal a bhí ann, áfach, mhol sé áilleacht, ragús agus feabhas carachtair Chaitríona, agus é suite siúráilte nach mbeadh sí i bhfad ag teacht ar fhear a diongbhála, ó bhí sí réidh lena seanchotúlacht anois. Cúis bhróid é dó, ar seisean, gur roghnaigh sí é féin thar aon fhear eile le ceacht tosaigh na collaíochta a mhúineadh di, ach ní raibh sé in ann an dealbhóir agus an fear a dheighilt ó chéile i ndiaidh an iomláin.

Lig Caitríona osna throm aisti, agus na deora ag teacht léi. Chronaigh sí uaithi an dealbhóir cheana féin, an dealbhóir agus a lámha oilte eolacha, na lámha a bhí in ann foirmeacha áille a fháscadh as cré agus ceol a bhaint as bean. Agus ar ndóigh bhí ocras craicinn ag cúngú uirthi arís. Nuair a chaith sí oíche le hÉamonn, d'fhoghlaim a colainn aoibhneas leathair a aireachtáil uaithi. Bhí sí ag dréim le tuilleadh, agus ní raibh a fhios aici cá rachadh sí ar a lorg. Muise ní fhéadfadh sí ceiliúr a chur ar an gcéad fhear a chasfaí uirthi sa tsráid: "Heileo, ba mhaith liom seal a chaitheamh ag bualadh craicinn leat!" Ach cá dtiocfadh na daoine eile ar leannáin aon oíche? Sa teach tábhairne? Bhuel ansin b'fhéidir, ach de ghnáth ní raibh cos faoi na fir ansin le teann meisce. Agus má bhí an fear féin ag titim as a sheasamh, ba dócha nach raibh an séamafór sa treabhsar in ann mórán comharthaíochta a chéanamh ach an oiread. Fear sóbráilte, cá dtiocfadh sí ar fhear shóbráilte agus é sásta oíche a chaitheamh léi?

D'fhéach sí le faoiseamh láimhe a thabhairt di féin, ach má d'fhéach féin, thuirsigh sí de sular tháinig sí d'aon chóngar do bharr an aoibhnis. Craiceann a bhí ag teastáil uaithi i gciall cheart an fhocail. Craiceann le craiceann, teas agus teagmháil an duine eile.

Dá mbeadh Seosamh féin anseo? Bheadh a fhios ag Caitríona anois cad é a dhéanfadh sí leis agus cad é an gnó a bheadh aici de, cinnte le Dia! Más fear amscaí amhlánta a bhí ann inniu, buachaill deas a bhí ann nuair a bhí sé óg, agus bheadh Caitríona breá sásta nádúr an chrosdiabhail bhig a athbheochan san fhear fhásta! Ach ar ndóigh bhí Seosamh imithe anois, agus cá bhfios céard a bhain dó idir an dá linn? B'fhéidir gur casadh bean eile air cheana, bean a bhí ábalta an nádúr sin a ghlaoch chun beatha?

Shuigh sí síos agus í ag iarraidh maolú ar an ragús le mothúcháin de chineál eile ar fad, nó thosaigh sí ag léamh "An Crioslach Marbh," ceann d'úrscéalta uafáis Steven King. Ní raibh sí i bhfad i mbun léitheoireachta, áfach, nuair a tháinig sí ar abairt sa diabhal leabhair a thrácht ar "chumha na mná aibí i ndiaidh na comhriachtana a d'éirigh léi". Ghlac sí fearg leis an leabhar, mar a bheadh an scríbhneoir ag spochadh aisti go pearsanta. "Foc thú, a Stiofáin," ar sise i gcogar, agus chaith sí an leabhar uaithi in éadan an bhalla. Agus ar ndóigh, ós leabhar mór trom a bhí ann, nuair a thit sí ar ais, scuab sí bláthchuach anuas den taobh-bhord.

An bláthchuach ba mhó a thaitin le Caitríona, an ceann ba chuidsúlaí sa teach. Tháinig tocht goil uirthi nuair a chonaic sí an phraiseach a bhí déanta aici. Níor dhual di loitiméireacht a dhéanamh mar sin. Chuaigh sí faoi dhéin na scuaibe is an mhéisín deannaigh, agus na deora ag teacht léi nuair a bhí sí ag glanadh an smionagair den urlár. An bláth bocht, a shíl sí, agus fuair sí cuach eile dó. Ar ámharaí an tsaoil níor treascraíodh an planda féin go ródhona.

Chaith sí í féin ar an leaba gan na héadaí a chur di. Drochlá a bhí ann amach is amach. Mar sin, chuirfeadh sí deireadh leis an lá roimh ré. D'fhan sí ina gillire ar an leaba ag iarraidh a hintinn a choinneáil glan folamh, agus thit a codladh uirthi faoi dheoidh.

An lá arna mhárach dhúisigh sí ag an ngnáth-am, agus fuair an seanchleachtadh an ceann ab fhearr uirthi. Bhí an Aoine ann, agus an deireadh seachtaine ar na bacáin. Ina hainneoin féin, díreach mar a bheadh róbat nó uathoibreán ann, chuaigh sí faoin gcith-fholcadh, bhris sí a céalacan agus chuir sí éadaí glana uirthi féin. Bhí codladh thar a dóthain faighte aici, agus cé go raibh an t-áilíos craicinn agus an t-aiféaltas ag luí uirthi i gcónaí, mhothaigh sí í féin beagnach gealgháireach.

Nuair a bhí sí ag fanacht leis an luastram, tháinig fear ard scafánta a fhad léi agus sainéide an Gharda air.

"Dia duit," arsa an Garda.

"Dia is Muire duit, a Gharda. An bhfuil a dhath as an tslí déanta agam?" a d'fhiafraigh sí.

"Níl," arsa an Garda. "Níl ann ach gur—gur mhaith liom tú a iarraidh amach liom anocht."

Muise murar baineadh siar as Caitríona níor lá go maidin é! Tháinig luisne bheag dheas ina leiceann, agus leath aoibh gháire uirthi.

"An bhfuil tú ag spochadh orm, a chuid?" ar sise. Scrúdaigh sí cuntanós an fhir. Bhí sé corradh is tríocha bliain d'aois, agus é ag breathnú roimhe go hionraic, go hoscailte. Bhí lorg an gháire ar a cheannaithe, agus tríd is tríd, bhí éagasc na cineáltachta air. Thaitin sé le Caitríona.

"Tá mé dáiríre píre," arsa an fear, agus snag beag cotaidh ina ghlór. "Is minic a chonaic mé ag dul chun oibre thú anseo, agus ó nach raibh cuideachta ar bith agat riamh, ghlac mé misneach—"

"Níor chaill fear an mhisnigh riamh," arsa Caitríona go gealgháireach. Fear cúthail a ghlac misneach. Bhí sin go deas. "Ceart go leor. An molfá féin aon áit ar leith?"

"Bhuel tá caifé deas cluthar i Sráid Uí Ghrianna, in aice leis an gclub nua, tá a fhios agat, an ceann ina bhfuil an cheolfhoireann ó Thír Chonaill ag seinm. Is

féidir linn dul go dtí an club tar éis cupán a chaitheamh
siar sa chaifé. An maith leat ceol Gaelach?"

"Cinnte. An é Teach Thaidhgín an caifé atá i gceist
agat?"

"Is é."

"Ceart go leor. Cén t-am a thiocfas mé ansin?"

"Ag a seacht a chlog b'fhéidir?"

"Maith go leor," arsa Caitríona. "Ach fan go fóill, níl a
fhios agam d'ainm."

"Is mise Séamus de Búrca. Agus tusa?"

"Caitríona Nic Cuarta atá orm."

"Caitríona? Ainm deas. Slán agat anois, a Chaitríona."

D'fhan Caitríona tamall fada ag amharc an bealach a
d'imigh Séamas uaithi. Fear lách a bhí ann, agus ní
raibh aon chaill ar a chosúlacht ach an oiread. Mar a
chonaic Caitríona, bhí matáin láidire aige, ach ní raibh
sé ina ghoraille corpfhorbróra ach ina lúthchleasaí
luath lúfar. Fear fearga fearúil a bhí ann de réir
dealraimh, agus nuair a smaoinigh Caitríona ar an
oíche leathair a bheadh aici leis, ba dóbair di titim as a
seasamh.

Chuaigh Caitríona go dtí an caifé leathuair an chloig
roimh ré. Bhí neirbhís bheag uirthi roimh Shéamus,
agus theastaigh uaithi socrú síos san áit sula dtiocfadh
seisean. Bhí éadaí galánta uirthi a tharraing súil a lán
daoine ina treo, agus boladh láidir cumhráin aisti. Le
fírinne, nuair a shuigh sí síos ag ceann de bhoird an
chaifé le bheith ag snáthadh a cupán cappuccino, agus
í ag caitheamh súile ina timpeall, rith léi gurbh fhéidir
go ndeachaigh sí thar fóir á feistiú féin don airneán. Ón
taobh eile de, bhí an-ghliondar ar a croí i ndiaidh do

Shéamus í a iarraidh amach leis, agus í barúlach nár mhiste di an gliondar sin a chur in iúl don fhear.

Agus déanta na fírinne níor aithin Séamus ar dtús í nuair a tháinig sé, an dóigh a raibh sí gléasta. B'éigean di comhartha láimhe a thabhairt dó agus é ag dul timpeall idir na boird ag iarraidh radharc a fháil uirthi.

"Gabh mo leithscéal," arsa Séamus. "Ní raibh súil agam le bainríon an dioscó."

Bhí culaith néata air féin, tóin an trunc mar a déarfá, ach sin a raibh ann dáiríre: culaith Dhomhnaigh an ghnáthfhir. Chaithfeá a admháil go raibh Caitríona ag breathnú cineál gáifeach i bhfarradh is eisean. Bhí an fear bocht cineál míchompordach, a d'aithin Caitríona, ach ós bean mhín mhacánta a bhí inti, b'amhlaidh ab fhearr a thaitin sé léi.

"Bhuel," ar sise, "níor iarr fear ar bith amach mé ar an dóigh sin, agus shíl mé nár mhiste an ócáid a cheiliúradh. An bhfuil mé róghléasta, meas tú?"

Tháinig a sheanaoibh gháire ar Shéamus arís, agus is éard a dúirt sé ná: "Tá tú ar an mbean is áille san áit seo." Agus níor shéan tocht a ghutha brí a chainte. Ba léir go raibh ag dul rite leis an bhfear a chreidiúint go mbeadh a leithéid d'ádh leis. Ón taobh eile de, nuair a chonaic sise an dóigh a ndeachaigh a cosúlacht is a cuntanós féin i bhfeidhm ar an bhfear, mhéadaigh ar an ngeanúlacht a bhí glactha aici leis. Arbh é seo an grá anois? An raibh sí ag titim i ngrá leis an bhfear sin?

"Conas a bhí an lá agat?" a d'fhiafraigh sí den fhear. "Tá súil agam nach raibh tú in aon chontúirt mhór."

"Bhuel," arsa an fear, agus cuma bhuartha ag teacht air, "b'fhearr liom an chontúirt mhór féin i gcomparáid leis an gcineál rudaí a bhíonn idir lámhaibh agam. Na daoine óga go háirithe, is mór an díol trua iad, agus an dúil nimhe a bhíonn ag cuid acu sna drugaí, agus sinne, caithfidh muid aire a thabhairt dóibh. Chuaigh mé sna Gardaí le bheith ag cuidiú le daoine, le rud fónta a dhéanamh ar mhaithe le mo chomharsain. An drochbhail a bhíonn ar na déagóirí bochta sin, áfach, an cruachás ina mbíonn siad, bhuel, tá sé ag dul díom a chreidiúint go dtiocfaidh siad slán as choíche."

Tháinig cuma chomh brónach ar Shéamus bocht is gur rug Caitríona greim ar a láimh agus í ag féachaint go domhain isteach ina shúile. Chonaic sí fliuchadh beag iontu. "Gabh mo leithscéal," ar seisean. "Níor chóir dom mo racht a ligean ort mar seo."

"Gabh tú féin mo leithscéal-sa, a stór," a d'fhreagair an cailín. "Mé féin a chaintigh ar na cúrsaí sin leat. Is léir gurbh fhearr leat gan a bheith ag smaoineamh ar do chuid oibre anois." Nár thútach an mhaise dom na fóideoga sin a bhaint, a shíl sí. Bhí an comhrá ag dul chun donais, de réir dhealraimh. Ach mar sin féin, bhí an fear, a theas agus a chraiceann ag teastáil uaithi go géar.

"B'fhéidir gurbh fhearr dúinn dul go dtí an club," arsa Caitríona sa deireadh, "ar chuntar is go ligfear isteach sinn. Tá an-ráchairt ar 'Mhuintir an Dá Ghaoth'. Gach seans go bhfuil an ticéad deireanach díolta cheana féin."

Las aghaidh an fhir suas anois, agus dúirt sé: "Tá muis, ach tá pas saor agam don bheirt againn," ar seisean.

"An bhfuil? Conas sin?" arsa Caitríona.

"Bhuel, bhí an t-amhránaí ina Gharda in éineacht liom seal, sular chinn sé ar dhul le ceoltóireacht go lánaimseartha. Seanchara é mar sin."

"Muise," a sciorr ó Chaitríona, "is tusa plúr na bhfear, a Shéamuis."

Ní raibh an bheirt acu i bhfad ag dul trasna na sráide go dtí an club. Ba léir do Chaitríona ó thús nach ndearna seisean áibhéil ar bith nuair a dúirt sé go raibh sé mór leis an amhránaí. Bhí pas saor ag Séamus ceart go leor—píosa daite páipéir a raibh meirge an chlub agus síniú an amhránaí air—agus nuair a chonaic an doirseoir an cháipéis seo, d'fhéadfá a rá gur chuir sé a bhibe doirseora de, chomh lách cairdiúil is a d'éirigh sé. D'oscail sé taobhdhoras ar leith do Shéamas agus do Chaitríona, agus istigh ansin don bheirt acu, d'aithin sise go raibh siad i gcúl an stáitse, áit a raibh na ceoltóirí díreach ag cur caoi ar a gcuid gléas le haghaidh na ceolchoirme.

"A Shéamuis! A Shéimí Mhóir! Tháinig tú!" a chualathas guth fir a rá. Guth domhain taitneamhach a bhí ann, guth an amhránaí gan dabht. Ba é sin Tomás Óg Ó Gallchóir, nó Taimín Tom Phádraig Dhuibh, mar ab fhearr ab aithin don tsaol mhór is dá mhuintir féin é.

"Tháinig muis," a d'fhreagair Séamus go gliondrach. "Seo í Caitríona Nic Cuarta."

"Bhuel," arsa Taimín Tom, "cárb as duit, agus an sloinne sin ort? As Ó Méith, cosúil le Séamus Dall?"

"Ó, is as an gcathair seo dom," a d'fhreagair Caitríona. "Anseo a rugadh is a tógadh mé. Tá lucht gaoil agam i gContae Lú, áfach."

CAITRÍONA

"Cailín galánta na mórchathrach!" arsa Taimín Tom go magúil. "Cad é mar a d'éirigh le Séamus an coimeadar a chur ortsa?"

Rinne Caitríona gáire. "Fear mór misnigh é," ar sise. Thug sí spléachadh do Shéamus, agus í ag bobáil súile. "Bhuel," arsa Taimín Tom, "fear mór cotaidh a bhí ann tráth, ach is ábhar lúcháire dom gur imigh sin is gur tháinig seo." Gheall Taimín Tom amhrán ar leith a rá don bheirt acu, amhrán nár ghnách leis a chanadh ach ag ócáidí speisialta. Ansin, d'fhág sé slán ag an lánúin, agus chuaigh Séamus agus Caitríona i measc an lucht éisteachta.

Ní dheachaigh Taimín Tom siar ar a ghealladh. Nuair a bhí an t-airneán ag druidim chun deiridh, d'fhógair sé go raibh a chara cléibh ag an ócáid anocht, agus girseach dheas dhathúil ina chuideachta; agus gur mhaith leis "Coillte Glasa an Triúcha," an t-amhrán grá ab áille, ba mhíorúiltí, ba bhinne dá raibh ann a chanadh don lánúin.

Agus nuair a bhí an t-amhrán seo ag líonadh a gcluas, thug siad póg the theaspúil dá chéile. D'fhan siad snaidhmthe ina chéile go dtí go raibh Amhrán na bhFiann ag baint macalla as na fraitheacha. Mhothaigh Caitríona lámha an fhir ag creathnú ina timpeall-se, agus a bhod ina sheasamh go righin faoina chuid éadaí. Nuair a bhí an cheolchoirm thart, bhí tuirse ag teacht uirthi ceart go leor, ach ina dhiaidh sin bhí sí ag santú an fhir seo, nó fuair airc agus áilíos an chraicinn an ceann ab fhearr ar an tuirse féin.

Nuair a thosaigh na daoine ag imeacht ón gclub, theastaigh ó Shéamus slán a fhágáil ag Taimín Tom, ach níor chaith an bheirt fhear mórán ama ag

109

cabaireacht, nó d'aithin an t-amhránaí go raibh deifir ar an gcailín an fear a thabhairt abhaile léi. Ba léir go raibh áthas air a leithéid de chailín deas a fheiceáil ag santú a sheanchara.

Bhí Séamus tar éis a ghluaisteán a fhágáil i gcarrchlós in aice leis an gcaifé, agus ó nár bhlais sé oiread is braon den stuif bhorb sa chlub, bhí sé in inmhe an bheirt acu a thabhairt chuige féin. Ar dtús, thairg sí Caitríona a thiomáint abhaile:

"Cé gur minic a chonaic mé sa tsráid thú, a Chaitríona, níl a fhios agam go beacht cá bhfuil tú i do chónaí. Cad é an seoladh atá agat?"

"Ó, nach cuma leat," arsa Caitríona, agus í ag croitheadh a cuid gruaige."Caithfidh muid an chuid eile den oíche i d'áit féin." Rinne sí sciotaíl bheag gáire faoi chomh furasta is a tháinig na focail sin léi.

Bhí an chuma ar Shéamus nach raibh sé in ann an t-ádh a chreidiúint a bhí leis. Bhí Caitríona ní ba dathúla anois ná riamh, agus í ag breathnú cineál scaoilte i ndiaidh an airneáin. Má bhí an codladh ag brú leathdhúnadh ar a súile, ní raibh sé ach ag cur lena cuntanós earótach brionglóideach.

Bhain siad amach árasán an fhir agus thuirling siad den ghluaisteán. Nuair a tháinig siad isteach ansin, ní bhfuair Caitríona deacair a aithint gur fear réasúnta ceoil a bhí i Séamus féin. Bhí giotár crochta den bhalla agus bailiúchán mór dlúthdhioscaí in aice leis an seinnteoir. Ceol Gaelach a bhí ann chomh maith le snagcheol Meiriceánach. Bhí an áit maisithe le póstaer mór a thaispeáin fear gorm ag séideadh ar an sacsafón an méid a bhí ina scamhóga. FÉILE SNAGCHEOIL NA hÉIREANN a bhí le léamh ar an bhfógra seo.

Thairis sin, bhí cúpla pictiúr ola-dhatha ann agus iad ag léiriú bádóirí ag streachailt le fórsaí na farraige fiaine fíochmhaire. Ní raibh Caitríona i bhfad ag aithint na stíle: ar Oileán Thoraí a cheannaigh Séamus na pictiúir seo.

"Gabh mo leithscéal," arsa Séamus. "Níl mórán maithe ionam ag glanadh na háite seo." B'fhíor dó, ach mar sin féin thug Caitríona taitneamh don áit ar an toirt. Fear dlí, fear ceoil agus fear farraige. Mhothaigh sí gurbh é seo an cineál fear a bhí ag teastáil uaithi go lom díreach.

"Ó, fág an tseafóid, a stór," arsa Caitríona. "Is fada nach bhfaca mé árasán chomh deas seo ag aon duine!" D'fháisc sí an fear chuici féin le póg a thabhairt dó. Mhothaigh sí í féin chomh ceanndána is gur thosaigh sí ag caitheamh na n-éadaí di mar a raibh sí. Ar dtús, bhain sí stangadh as an bhfear bocht, agus thug sé in amhail a shúile a iompú uaithi.

"Ná déan coimhthíos ar bith, a stór," ar sise. Fear cúthail! B'fhéidir nach raibh mórán taithí aige féin ar an ngrá collaí, a tuigeadh do Chaitríona. Ach mar sin féin bhí sé in ann a chotadh a chloí agus ceiliúr a chur uirthise chomh doirte is a bhí sé di.

Nuair a bhí sí ina craiceann dearg, agus eisean ag dearcadh uirthi mar a bheadh sé ag iarraidh gach ceintiméadar cearnach dá colainn a chur i dtaisce i gcúlstóras a inchinne, is é an rud a dúirt sí i gcogar piachánach leisean ná:

"Tar chugam anois, a Shéamuis, a stór."

Agus tháinig.

B'fhéidir nach raibh lámha Shéamuis chomh hoilte agus lámha an dealbhóra, ach ba chuma le Caitríona faoi sin. Nó chuir an fear seo fonn spontáineach craicinn uirthi, fonn a dhearscnaigh thar na mothúcháin eile go léir. Fear mín mánla moiglí múinte macánta modhúil muscalach mascalach a bhí ann, muise!

Ag mothú chraiceann an fhir ar fud a colainne féin di bhí Caitríona á dó beo beathaíoch ó mhuineál anuas go pit, agus í ag pógadh Shéamuis mar a bheadh sí ag iarraidh an fear a shlogadh síos in aon phlaic amháin. Bhraith sí go raibh sáiteán an fhir ina cholgsheasamh chomh crua le maide adhmaid, agus bheadh sí breá sásta é a ligean isteach mar a bhí sé, ach go bé go raibh de mheabhraíocht i Séamus féin dul ar lorg coiscíní in am.

Bhí an chomhriachtain seo an-difriúil leis an mbabhta craicinn a bhí aici le hÉamann. B'fhíor nach raibh Séamus chomh sciliúil, chomh deaslámhach leis an dealbhóir, ach ba chuma le Caitríona faoi sin, nó ní raibh moill ná leisce ar an bhfear seo cleasanna nua a fhoghlaim agus a chur i bhfeidhm uirthi. Thar aon rud eile, áfach, thuig Caitríona cás an fhir. Ba dóigh léi gurbh ionann é agus a cás féin. Go raibh an bheirt acu ina dtosaitheoirí glasa ar scoil an anghrá.

Sa deireadh mhothaigh Caitríona na tonnchreathanna ag teacht tríd an bhfaighin. D'fhliuch a súile le teann coscartha agus dúirt sí i gcogar séimh leis an bhfear go raibh sí i ngrá leis.

Thit a gcodladh ar an mbeirt acu agus chaith siad an chuid eile den oíche ina dtoirchim suain. Le fírinne níor dhúisigh aon duine acu sula raibh an ghrian ar an aer le tamall maith, agus cé go raibh lorg na báistí ar an saol amuigh, bhí na scamaill glanta ar shiúl le fada. Bhí gealladh maith faoin lá.

Tháinig aoibh bheag gáire ar liopaí an chailín nuair a mhothaigh sí teas an fhir ar a craiceann féin i ndiaidh na hoíche, agus í díreach dúisithe. Maidir le Séamus, bhí sé ina chnap codlata i gcónaí. Thug sí sonc beag dó, agus thosaigh sé ag monabhar, ach mar sin féin níor tháinig sé chuige féin i gceart.

"A leithéid de chodlatán," a shíl Caitríona, agus í ag pógadh an chéad bhall de chraiceann lom an fhir ar theagmhaigh a liopaí-se air. "Ach fan go fóill, tá a fhios agam an dóigh le tú a mhuscailt." Shín sí leathlámh uaithi le greim a fháil ar bhod an fhir. Mhothaigh sí cuimhne na comhriachtana istigh inti féin nuair a d'aithin sí an righneas ag teacht sa bhod faoina cuid méar, agus thosaigh a colainn féin ag éileamh a cirt i ndáiríre nuair a chonaic sí an dath corcra ag teacht i mbreall an bhoid.

Anois, mhuscail Séamus féin, agus baineadh stangadh as nuair a chonaic sé an chuigeann bhoise a bhí idir lámhaibh ag Caitríona. "Cad é atá tú a dhéanamh?" ar seisean go giorraisc.

Scaoil Caitríona a greim dá bhod leis an bhfear a fháscadh chuici agus le fáiméad mór póige a thabhairt dó. "Tá tú ag teastáil uaim, a fhir, a fhireannaigh, a thairbh, a stail," ar sise, agus faobhar cinniúnach ar a guth. Bhí sé ag dul di an chanúint cheart cainte a chur ar a cuid mothúchán, ar an tine a bhí ar bharr lasrach istigh aici. D'oscail sí a gabhal agus chuaigh sí in airde ar an bhfear lena marcaíocht a dhéanamh air.

"Ó, dar Dia—" Sin an méid a bhí Séamus in ann a rá, agus an bhean ag baint a suilt as.

"A Shéamuis... a stór... is tusa mo stail... is tusa sásamh mo dhrúise... is tusa faoiseamh mo dhárach..." arsa Caitríona i leathchogar.

Agus ansin, bhraith sí na tonnchreathanna ag teacht trína faighin arís. D'iompaigh súile a cinn isteach, ionas nach raibh ach na gealacáin le feiceáil, agus chaith sí a ceann ar aghaidh agus ar ais, ionas gur spréadh folt a gruaige ina gaothrán san aer.

San am chéanna mhothaigh Séamus trithí an aoibhnis ar fud a cholainne féin, agus é eadrom sa cheann ag breathnú ar an gcailín. Nuair a bhí an t-órgasam thart, d'fháisc sé chuige féin í, agus ise ag monabhar sa chluas aige go raibh sí i ngrá leis, agus nach raibh a fhios aici cad é an rud a bhí i gceist le grá ar aon nós sula bhfuair sí aithne airsean.

D'fhan Caitríona ina luí sa leaba ar feadh i bhfad á goradh féin leis an teas croíúil a mhothaigh sí ó cholainn an fhir. Chaith Séamus tamall fada á hadhradh, ach sa deireadh labhair sé:

"A Chaitríona, an bhfreagrófá ceist uaim?"

"Cén cheist?"

"An raibh mórán fear agat romham? Is é sin, fir luí?"

Lig sí gáire ina hainneoin féin. Thaispeáin sí barr a teanga idir na fiacla, d'ardaigh sí a lámha le cúpla cuar fairsing a tharraingt san aer, agus dúirt sí: "MÓÓÓRÁÁÁN! Bhí oícheanta leathair agam le GACH DARA DUINE SA CHATHAIR!"—agus nuair a chonaic sí an ghnúis scanraithe a tháinig ar an bhfear, phléasc sí amach ag gáire ar fad agus thug sí sonc séimh don fhear. "Ná habair liom gur chreid tú an méid sin?" Nuair nach raibh aithne an stangtha ag imeacht de cheannaithe an fhir, chuir sí cuma na dáiríreachta uirthi féin agus ansin thug sí cur síos gairid ar a ndearna sí le hÉamonn.

"Le fírinne, ní raibh cumann collaí agam ach le haon fhear amháin romhatsa." Rinne sí sos beag sular lean sí léi. "Cara a bhí ann, agus ní raibh aon duine againn i ngrá leis an duine eile. Agus ar an drochuair, tháinig deireadh leis an gcairdeas i ndiaidh an bhabhta craicinn." Chuir Caitríona leathlámh timpeall ar Shéamus. "Tú féin, caithfidh sé go raibh mná agat romham?"

"Bhí cailín agam nuair a bhí mé i mo dhéagóir, ach níor éirigh liom mórán banaíochta a dhéanamh anseo sa chathair mhór. Ansin áfach chuir mé sonrú ionatsa agus m'anam chom deas is a bhí tú! Níor sheansáil mé riamh roimhe seo bleid a bhualadh ar aon duine anaithnid sa tsráid mar sin. Is é sin, ar aon duine anaithnid nach raibh gnó póilíneachta agam dó. Agus admhaím go raibh mé scanraithe ar fad go ndéanfainn praiseach de mo shaol, go dtarraingeoinn gach cineál seantithe anuas orm, go gcaillfinn mo jab—"

"Cén fáth?"

"Bhuel, go bunúsach níl sé ceadaithe ceiliúr a chur ar chailín mar sin nuair atá tú ag obair. Agus thairis sin tá a leithéid de rud ann agus gnéaschiapadh—"

"Muise, shíl tú go rachainn ar lorg na nGardaí le gnéaschiapadh a chur i do leith," ar sise, agus phléasc an gáire ar an mbeirt acu. Sháigh Caitríona méara a ciotóige i measc ghruaig an fhir, agus í ag súgradh leis na ruainní aonair. "Níl a fhios agat chomh sásta, chomh buíoch beannachtach atá mé go raibh de chroí ionat labhairt liom mar sin!"

Chiúnaigh an comhrá eatarthu go ceann tamaill. "An bhfuil ocras ort?" a d'fhiafraigh an fear i ndeireadh na dála. "D'fhéadfainn bia éigin a ghléasadh. Nó a chur sa mhicreathonnán, ar a laghad." "Bhuel, shásódh ceapaire mé," a d'fhreagair sise. "Ach b'fhearr liom tú a choinneáil faoi aon bhlaincéad liom go ceann tamaill eile."

D'fhan siad ina dtost ar feadh cúpla nóiméad, agus iad ag pógadh a chéile go ciúin cáiréiseach.

"Ó, Dia dár réiteach," ar sise, "tá drúis orm arís. Tá mé do do shantú, a Shéamuis, a stór."

Bhí tuirse ar an bhfear i ndiaidh an bhabhta dheireanaigh, agus mar sin, chrom sé ar í a shásamh lena lámha agus lena bhéal. Ina dhiaidh sin féin, ba leasc le Caitríona é a scaoileadh saor le go bhféadfadh sé bia éigin a réiteach dóibh.

Níor chaith Caitríona an lá ar fad in árasán an fhir, áfach. Nuair a bhí an tráthnóna ag claonadh chun deiridh, ghlac sí cithfholcadh, chuir sí na héadaí ar ais uirthi féin agus d'fhág sí slán agus beannacht ag Séamus. Ní raibh stad an luastram i bhfad ar shiúl, agus nuair a fuair sí radharc ar mhapa na dtramanna, bhí a fhios aici ar an toirt cén tram a thógfadh sí le teacht chomh cóngarach dá háit féin agus ab fhéidir.

I ndiaidh di dul isteach ar an tram chuala sí glór mná ag glaoch uirthi ina hainm. Nuair a d'iompaigh sí i dtreo an ghutha, chonaic sí roimpi Lasairfhíona, cailín eile de chuspaí Éamainn. Mar a thuig Caitríona, bhí Lasairfhíona i bhfad ní b'fhiaine i gcúrsaí craicinn ná ise, ach pé scéal é, cailín cineálta caidreamhach cuideachtúil a bhí inti, agus tríd is tríd bhí Caitríona breá sásta dreas comhrá a dhéanamh léi.

CAITRÍONA

Chaith na mná óga an bealach abhaile ag cardáil an tsaoil ó neamh go hÁrainn. Bhain siad an oiread suilt as comhluadar a chéile is gur chinn siad ar leanúint leis an gcomhrá in árasán Chaitríona, os cionn cupán tae agus brioscaí.

Ag ól tae dóibh tharraing na cailíní chucu an t-ábhar cainte nár thrácht siad mórán air roimhe seo, is é sin, na cúrsaí leathair. D'aithin Lasairfhíona go raibh Caitríona cineál ar bís, gur theastaigh uaithi rún éigin a scaoileadh, rún a raibh baint aige leis na gnóthaí áirithe seo.

"A Chaitríona, feicim go bhfuil scéal le hinsint agat, nach bhfuil?"

"Bhuel tá. Caithfidh mé a admháil gur fhág mé slán ag mo mhaighdeanas i rith na seachtaine seo caite."

"Ó maigh-ó," arsa Lasairfhíona de scréach. "Bhí a fhios agam go raibh tú cineál cotúil, ach ní chreidfinn go mbeifeá i seilbh do mhaighdeanais i gcónaí. An bhfuil tú i ngrá, nó rud éigin den tsaghas sin?"

Ní raibh a fhios ag Lasairfhíona go raibh Caitríona díreach tar éis oíche a chaitheamh le leannán, agus de réir dealraimh ní raibh sé á thaibhsiú di ach an oiread. Maith go leor, ní bhainfeadh sí an tsreang den mhála sin.

"Bhuel," ar sise, "tháinig an Garda seo ag cur forráin orm sa tsráid as a stuaim féin. Thaitin sé liom, agus d'iarr sé orm teacht ar cheolchoirm in éineacht leis. Bhí oíche mhaith ceoil agus cuideachta againn, agus ina dhiaidh sin, bhuel, bhí oíche leathair againn, agus, bhuel, le fiche focal a chur in aon fhocal amháin níl léamh ná scríobh ná insint bhéil ar chomh deas a bhí sé."

117

"Garda!" arsa Lasairfhíona. "Ar thit tú i ngrá le Garda?"

"Níl mé cinnte. Fear iontach taitneamhach a bhí ann ar gach bealach. Suim aige sa cheol Ghaelach, sa snagcheol agus san fharraige. Agus le fírinne ní raibh caill ar a chuid matán ach an oiread," a dúirt Caitríona, agus í ag bobáil súile.

"An bhfuil sibh ag siúl amach anois? Is é sin, an bhfuil sé socair agaibh le chéile go bhfuil sibh i gcumann grá?"

"Níl go fóill," a d'admhaigh Caitríona. "Bhí an-oíche againn gan trácht a dhéanamh ar an eadra ná ar an neartlá—" A thiarcais, b'ionann sin agus a rá gurbh í an oíche aréir a bhí ann! Bhuel, ní raibh neart aici air, bhí an mordadh déanta anois. "Ach le fírinne ní raibh muid ag caint faoi leanúint an chumainn."

Ansin, d'iompaigh Lasairfhíona a radharc go seachantach i dtreo an bhalla, agus í ina tost ag déanamh a marana ar rud éigin. Sa deireadh, labhair sí suas arís.

"Bhuel, a Chaitríona, ó dúirt tú nár chaill tú do mhaighdeanas ach anois, rith rud liom ba mhaith liom a fhiafraí díot, ach anois, is dócha go bhfuil tú ródhoirte do do Gharda le suim nó suiméad a chur ina leithéid."

"Cad é atá i gceist agat?" arsa Caitríona go fiosrúil.

"Bhuel, is amhlaidh go bhfuil mise agus cairde liom ag cóiriú cóisir bheag chraicinn an deireadh seachtaine seo chugainn," arsa Lasairfhíona.

Tháinig luisne i gCaitríona. "Cóisir chraicinn? An éard atá i gceist ná—"

"Bhuel is é an smaoineamh atá againn go mbeidh muid lomnocht ar fad nó ag caitheamh sórt toga, agus go mbeidh muid ag bualadh craicinn inár mbeirteanna nó inár dtriúir, nó i ngrúpaí is mó ná sin, de réir mar a theastós uainn."

"Cá mhéad duine a bheas ann?"

"Beirt fhear agus triúr ban—dá dtiocfása, bheifeá ar an gceathrú bean."

"Mar sin chaithfinn páirt a ghlacadh i gcomh-riachtain leispiach?"

"Is dócha go gcaithfeá. Ar mhí-ámharaí an tsaoil ní bhíonn sé furasta teacht ar fhir chiallmhara le haghaidh scléip chraicinn den chineál seo. An chuid is mó acu bheidís ag maíomh as a ngaisce craicinn, ach nuair a thiocfadh an crú ar an tairne bheidís ar na stárthaí le teann meisce agus ní bheadh maith ar bith iontu le haghaidh collaíochta. An ea nach mbainfeá triail as an gcomhriachtain leispiach ar aon nós? An rud é a chuirfeadh samhnas ort?"

"Ní mar sin a déarfainn," a d'fhreagair Caitríona go cotúil cúramach. "Caithfidh mé a admháil go bhfuil mé chomh glas ar na cúrsaí seo is nach bhfuil a fhios agam na rudaí is maith liom ná na rudaí a chuirfeadh samhnas orm. An bhfuil aithne agam ar aon duine eile acu siúd a bheas ann?"

"Bhuel tá aithne agat ar Eithne de Róiste, nach bhfuil?"

"Eithne de Róiste, an bhanaltra? Tá, ar ndóigh—an mbeidh sise ann?"

"Beidh."

"Ní shamhlóinn a leithéid léi ar aon nós!"

"Cén fáth?"

"Bhuel, tá sí chomh máithriúil. Chomh deas, tá a fhios agat."

"Ó maigh-ó," arsa Lasairfhíona de phuth. "Caithfidh tú a lán a fhoghlaim faoi chúrsaí craicinn fós, a Chaitríona. Síleann tú i gcónaí gur rud é cóisir chraicinn nach rithfeadh ach le daoine brocacha bradacha brúidiúla. Ach, cogar i leith anois, is neach collaí gach duine, agus is beag baint atá ag do shaol collaí leis an iompar a bhíos fút taobh amuigh den leaba. Tá a fhios agat nach dtógaimse drugaí, mar shampla, agus ní fheicfeá ar meisce mé ach an chorruair."

"Is fíor duit an méid sin," a d'fhreagair Caitríona go smaointiúil.

"Bhuel, an dtiocfá ansin?"

"Níl mé cinnte," arsa Caitríona, ach san am sin féin mhothaigh sí an ragús mínáireach ag teacht uirthi arís, ag sleamhnú isteach ar na barraicíní boga mar a bheadh cat ann. Cat mara, b'fhéidir.

"Abair liom anois, an gcuirfeadh an taobh leispiach den scéal ruaigeadh ort as an áit?"

Féach chomh mífhoighneach is a bhí Lasairfhíona! Cheapfá gurbh ise, thar aon bhean eile, a bhí ag dréim le hoíche craicinn le Caitríona! "Nach ndúirt mé leat nach raibh mé cinnte? Ach is dócha nach mbeadh mórán drogall orm roimh Eithne, ar a laghad. Is é sin, bheadh muinín agam aisti nach gcuirfeadh sí d'fhiachaibh orm a dhath a dhéanamh nach dtaitneodh liom."

"Sin é é," arsa Lasairfhíona, "bheadh muinín agat aisti, agus an ceart agat ar fad. Cailín deas lách í nach ndéarfadh le haon duine gur cham a ghaosán. Agus is é éirim an scéil seo go dtagann Eithne ar chóisirí den chineál sin le grá a thabhairt uaithi agus le glacadh le grá ó dhaoine eile, díreach mar a shamhlófá le bean chomh máithriúil sin." Rinne Lasairfhíona tost beag. "Ar ndóigh nílim ag iarraidh brú ar bith a chur ort. Más maith leat é tar chuig an gcóisir agus beidh fearadh mór fáilte romhat, agus más fearr leat cloí le do Gharda, tá sé ceart go leor freisin. Beidh mé i dteagmháil leat.... Cad é an seoladh ríomhphoist atá agat?"

D'inis Caitríona di é, agus bhreac Lasairfhíona síos an seoladh ar lipéad páipéir a chuir sí i dtaisce ina mála láimhe. Ansin, thug sí croí isteach do Chaitríona, phóg sí ar na leicne í agus d'fhág sí slán. D'fhan bean an tí go ceann i bhfad ag breathnú ar an doras a ndeachaigh a cuairteoir amach air.

Muise, ní raibh seoladh ríomhphoist ná uimhir ghutháin Shéamuis aici. Bhuel ar ndóigh bhí ballaíocht tuairime aici ar an áit a raibh cónaí ar mo dhuine, ach ní raibh sí ábalta cuimhneamh ar ainm na sráide féin. B'fhéidir go mbeadh a uimhir ghutháin ar an eolaire fóin, ar a laghad. Bheadh, cinnte, ach b'fhollasach go mbeadh an t-ainm agus an sloinne céanna ar sheachtar fear fichead eile sa chathair mhór seo. B'fhéidir, fiú, nárbh eisean an t-aon Gharda amháin darbh ainm Séamus de Búrca.

Fear chomh macánta a bhí ann. Fear chomh deas. Bhí taitneamh agus teasghrá tugtha aici dó, rud doshéanta a bhí ann. Ach ní raibh sí cinnte a thuilleadh, an bhfaigheadh sí óna croí a rá go raibh sí i ngrá leis. Agus cad faoi Shéamus féin? Ní raibh a fhios aici conas a d'fhéadfadh sí dul i dteagmháil leis. B'fhéidir nár theastaigh uaidhsean riamh ach aon oíche amháin a chaitheamh léise. Nárbh é sin nós an lae inniu? Sult a bhaint as colainn an duine eile, agus a chead ag an duine eile sin an sult céanna a bhaint asatsa. Agus sin an méid. Ní raibh ciall ná réasún leis an bhfocal mór sin "grá" i saol ár linne, an raibh?

Bhí an chóisir chraicinn ag cur cathuithe ar Chaitríona, muise. D'fhéadfadh sí triail a bhaint as a lán rudaí a bhíodh ar a hintinn i rith na mblianta agus í ag tabhairt faoiseamh na láimhe di féin. Dar Crom, nár mhéanar di! Ach san am chéanna, ní raibh sí ábalta dearmad a dhéanamh de Shéamas. An raibh seisean i ngrá léi? Má bhí, ní fhéadfadh sí dul ar an gcóisir. Agus le fírinne bhí a fhios aici cheana féin go raibh an fear sin in ann an ceol ba bhinne ar an saol seo a bhaint as a colainn-se. Dá roghnódh sí sult gearrshaolach na cóisire thar chuideachta sheasta an fhir iontaigh sin, an ngnóthódh sí a dhath ar an iomlaoid? B'fhéidir nach ngnóthódh. Ní bheadh an fear sásta í a ghlacadh ar ais tar éis d'fhir eile a n-úsáid féin a bhaint aisti.

Ach, ón taobh eile de, ní raibh sí cinnte cé acu a bhí sí ag cronú an fhir féin nó an aoibhnis chollaí uaithi. Le teacht ar Shéamus arís chaithfeadh sí dul ar a lorg, an luastram a thógáil go dtí an stad i gcóngar don áit a raibh cónaí ar an bhfear agus camchuairt an cheantair a thabhairt, féachaint an aithneodh sí an bloc ceart árasán. Le fírinne cé gurbh é an lá céanna i gcónaí é, ní raibh ach mearchuimhne fágtha aici ar an áit, agus ba chosúil go raibh an bloc sin báite i measc tithíochta eile den chineál chéanna.

Ar chóir di dearmad a dhéanamh den dá rud— Séamus agus an chóisir chollaí—araon le dul ar lorg craicinn ó dhuine éigin eile ar fad? Pé scéal é bhí aoibhneas collaí de dhíth go géar uirthi. Bhí sí ar bharr lasrach ó bhearradh go diúra ó d'adhain an dealbhóir an tine bheo inti. Ón taobh eile de, má bhí Eithne ag teacht go dtí an chóisir, bheadh sé chomh maith aici féin dul ansin. Níorbh fhéidir le Caitríona a rá go raibh mórán marana déanta aici riamh ar an gcollaíocht leispiach, ach nuair a smaoinigh sí ar Eithne, ar an gcineál mná a bhí inti siúd, tháinig sí ar an gconclúid nach dtiocfadh samhnas ná múisc ar bith uirthi dá gcuirfeadh Eithne a lámha timpeall uirthi le hí a phógadh agus a chuimilt. Cailín a bhí inti ar chás léi do chás, cailín a chaithfeadh na hoícheanta fada chois leapa agat dá mbeifeá tinn. Ba dual d'Eithne bheith buartha fút agus faoi do leas, ba dual di aire a thabhairt duit, agus sin é an tuige a raibh sí ina banaltra fosta. Cén fáth a gcuirfeadh Caitríona suas dá leithéid de bhean, de thadhall séimh a lámh is a méar? Ar ndóigh ní raibh sí cinnte an mbeadh sí sásta baill ghiniúna Eithne a lí. Ní fhéadfá a rá go raibh déistin uirthi roimh an smaoineamh, ach bhí sí cineál míchompordach faoi. Ón taobh eile de bhí sórt leathdhrogall uirthi roimh na fir a thiocfadh chuig an gcóisir, roimh cholainneacha na bhfear sin. Ba chuimhin léi an eagla a bhí uirthi roimh lomcholainn fir ar bith sula bhfuair sí blas ceart ar an mbod, buíochas le hÉamann agus le Séamus.

Chaith Caitríona a raibh fágtha den deireadh seachtaine idir dhá thine Bhealtaine. Nuair a sheiceáil sí a ríomhphost Dé Domhnaigh, chonaic sí go raibh sí tar éis litir fhada a fháil ó Lasairfhíona. Mar a taibhsíodh di, bhí treoracha ann le láthair na cóisire collaí a bhaint amach. Teach príobháideach a bhí ann—"Fáras an tSuaimhnis" a bhí ar an áit, greannmhar go leor. Bhí

a fhios ag Caitríona an tsráid a raibh an teach—
comharsanacht dheas a bhí ann, agus garranta móra
méithe timpeall ar gach teach, garranta a bhí ag
eascairt leo go tiubh anois, de réir mar a bhí an
tEarrach ag aibiú.

Bhí rialacha ann freisin: ní cheadófaí tobac, toitíní
draíochta ná drugaí eile ar aon nós. Maidir leis an
mbiotáille, bheadh deoch amháin ann don té a
d'iarrfadh í i dtús na cóisire lena chúthaileacht a chosc,
ach ansin chuirfí an buidéal faoi ghlas. Chaithfeá luach
do chuid coiscíní a íoc, is é sin, deich n-eoró, ach
d'fhéadfá d'fhiacha a ghlanadh i ndiaidh na
n-imeachtaí: ní bheadh maor ar bith ann leis an
bpraghas a ghearradh díot ag an doras. Bhí cead agat
dul timpeall i do chraiceann dearg ó thús báire, ach
mar sin féin ba ghnách braillín nó toga a bheith ort le
linn na réamhimeartha.

Bhí roinnt rialacha eile ann fós, agus tríd is tríd is é an
dóigh a ndeachaigh an doiciméad i bhfeidhm ar
Chaitríona gur daoine cearta ciallmhara a scríobh é.
Daoine cosúil le Lasairfhíona nó le hEithne—le fírinne
chuala sí, ina hintinn féin, a nguth siúd taobh thiar den
iomlán. Ní raibh gá le neirbhís ná le heagla.
D'fhéadfadh sí triail a bhaint as seo.

Níor tháinig scéal, duan ná duainicín ó Shéamus i
rith na seachtaine. Thugadh Caitríona spléachadh
fiosrach do gach patról nó patrólcharr de chuid na
nGardaí a thagadh in aon chóngar di, le súil is go
mbeadh Séamus ann. Ní raibh. Scéal eile ar fad go
raibh an chuid ba mhó de na Gardaí eile breá sásta go
raibh a leithéid de bhean óg álainn ghalánta ag cur
suime iontu, agus dá mbeadh a fhios acu cad é ba chúis

lena fiosracht ina dtaobh, is dócha gurbh iomaí fear acu a thairgfeadh gnó Shéamuis a dhéanamh di faoi chroí mhór mhaith.

D'airigh Caitríona an fear go mór mór uaithi, ach san am chéanna bhí sí cineál feargach leis nach ndéanfadh sé iarracht ar bith dul i dteagmháil léi. Ach ón taobh eile de ní raibh a hainm féin as an ngnáth go díreach, ach oiread le hainm an fhir. Is iomaí bean a bheadh ar comhainm is ar comhshloinne léi sa chathair seo.

Nuair a thosaigh uair na cinniúna ag druidim isteach i ndáiríre, rug lámha creathnaitheacha Chaitríona ar an nguthán siúil le glaoch ar Eithne.

"Ó, conas atá tú, a Chaitríona? An bhfuil tú ag teacht?" Bhí a fhios ag Eithne ó Lasairfhíona go raibh Caitríona tar éis leathgheallúint a thabhairt go mbeadh sí ann.

"Bhuel tá agus níl," arsa Caitríona, agus faobhar neirbhíseach ar a guth. "Is é sin, tá an-fhonn orm, agus an-náire orm san am chéanna."

"Ná bac leis, a stór," arsa Eithne go séimh. "Ní chaithfidh tú rud ar bith a dhéanamh a chuirfeas samhnas ort. Más amhlaidh is fearr leat ní bheidh tú ach ag baint lán do shúl as na himeachtaí. Tuigfidh gach duine do chás."

"Ceart go leor," arsa Caitríona, "ach tá rud eile ann fós. Casadh fear iontach deas orm an deireadh seachtaine seo caite, agus chaith mé oíche leis. Anois ní féidir liom dearmad a dhéanamh de, cé nach ndearna sé iarracht ar bith dul i dteagmháil liom ó shin."

"Bhuel," arsa Eithne, "tá a fhios agam roimh ré nach dtaitneoidh an méid seo leat, ach is é an tátal is réidhe a bhainfinn féin as an scéal sin ná nach bhfuil suim ná suiméad ag mo dhuine in aon leanúint. Caithfidh tú teacht chugat féin i ndiaidh na hoíche leathair sin, agus creid nó ná creid is dóigh liom gurb í an chóisir chraicinn is fearr a leigheasfas thú."

"Is cosúil go bhfuil an ceart agat," a d'fhreagair Caitríona, "ach mar sin féin tá mé idir dhá chomhairle i gcónaí. Is é sin, mhothóinn nach mbeinn dílis dó siúd, dá mbeinn ag—bhuel, dá mbeinn ag bualadh craicinn le fear eile."

"Cad é a déarfá le bean eile?" a d'fhiafraigh Eithne go dóchasach. Bhí sí ag iarraidh a bheith ar nós na réidhe, ach d'aithin Caitríona an fonn craicinn taobh thiar de na focail. Níor tháinig míshuaimhneas ná déistin ar bith uirthi, áfach, ó thaitin Eithne léi.

"Braitheann sé ar an mbean," a d'fhreagair Caitríona. "Níl mórán taithí agam ar na gnóthaí seo ar aon nós, agus níl a fhios agam dáiríre na rudaí is maith liom ná na rudaí is fuath liom." Ní dheachaigh sé rite léi an fhírinne a rá le hEithne. "B'fhéidir go mbainfinn triail as le bean a mbeadh muinín agam aisti." Le hEithne? Cinnte, ach níor admhaigh sí os ard é.

Ní raibh Eithne sásta le cur ó dhoras ná le seachantacht d'aon chineál, áfach. "Liom féin?" ar sise, agus port cineál impíoch aici. Tháinig meangadh gáire ar Chaitríona ina hainneoin. Muise, dealraíonn sé go bhfuil fonn uirthi chugam!

"Bhuel leat féin mar shampla," ar sise sa deireadh.

Bhain Caitríona amach an áit go gairid roimh an am socraithe. Bhí cúpla gluaisteán os comhair an tí cheana féin, agus mar a taibhsíodh di ó thús, bhí garraí deas ann ar chuir a radharc gliondar ar a croí. An duine a tháinig ag oscailt an dorais ina haraicis, fear a bhí ann agus é cúig bliana déag is fiche d'aois, mar a chonacthas di féin. Bhí cuma chineálta chairdiúil ar an bhfear, agus é ag caitheamh fallaing fholctha.

"Tusa Caitríona, is dócha," ar seisean. "Is mise Donncha Ó Súilleabháin. Fáilte isteach."

"Go raibh maith agat," a d'fhreagair Caitríona. "An féidir liom suí síos in áit éigin?"

"Cuir díot anseo agus suigh ag an mbord sa pharlús," arsa an fear. "Tá na coiscíní sa bhabhla ar an mbord."

Shín Caitríona bille deich n-eoró chuige. "Maidir leis na coiscíní, ba mhaith liom íoc astu ar an toirt."

"Ó, go raibh maith agat," arsa Donncha, agus ghlac sé leis an mbille uaithi.

"An bhfuil fallaing nó braillín agat féin," a d'fhiafraigh Donncha.

"Bhuel tá tuáille agam," arsa Caitríona. "Tuáille mór."

"Ar fheabhas ar fad!" arsa Donncha. "Tá mé cinnte go bhfuil sé oiriúnach. Fág do chuid éadaí anseo, agus cas ort an tuáille ansin."

Bhí cotadh ar an mbean óg ar dtús na héadaí a chur di os comhair an fhir seo, ach ó bhí an fear ag labhairt léi go lách cineálta, d'imigh an chúthaileacht go sciobtha, agus níor thóg sé ach cúig nóiméad uirthi go raibh sí ina craiceann dearg.

"Cailín dathúil tú agus colainn chomair agat!" arsa Donncha. "Cuir ort an tuáille anois. An bhfuil neirbhís ort?"

Le fírinne bhí an fear seo chomh cairdiúil caidreamhach ag caint is nach raibh neirbhís ar bith ar Chaitríona, ach ó nach raibh neirbhís ann, ní raibh mórán den teannas earótach fágtha ach an oiread. Thar aon rud eile bhí Caitríona fiosrach. Theastaigh uaithi a fheiceáil conas a rachadh an chóisir ar aghaidh, ach má theastaigh féin, níor mhothaigh sí í féin ar bharr lasrach le ragús, rud a d'fhág sórt díomá uirthi.

Shuigh Caitríona síos ag an mbord. Bhí babhla na gcoiscíní ann chomh maith le calóga prátaí, seacláid agus mionsolamar eile. Ní dhearna Donncha dearmad den chrúiscín tae, de na brioscaí ná de na cupáin ach an oiread. "Nach bhfuil aon duine de na cuairteoirí ann go fóill?" arsa Caitríona leis.

"Tá Eithne ann," a d'fhreagair an fear. "Chuaigh sí suas an staighre le cith a ghlacadh."

Agus leoga bhí Eithne ann. Nuair a chuala sí guth Chaitríona ag caint thíos an staighre, ní raibh moill ar bith uirthi teacht ina haraicis le fáilte a fhearadh roimpi. Bhí sí ag caitheamh fallaing fholctha a d'fhág cuid mhaith dá colainn ris, agus meangadh gáire ó chluais go cluais uirthi.

D'fháisc sí Caitríona chuici agus phóg sí sa dá leiceann í.

Thit an tuáille de Chaitríona sa teagmháil seo, agus chuir Eithne barr a teanga ar leathdhide léi sula raibh d'uain aici é a chasadh uirthi arís. "A leithéid de chíocha deasa," arsa Eithne de ghlór chreathnaitheach. "Gabh mo leithscéal, an bhfuil cead agam—"

"Tá," arsa Caitríona, nó níor chuir sé isteach ná amach uirthi.

"Nach ortsa atá an deifir, a Eithne," arsa Donncha go greannmhar. "Tá nóisean agat do Chaitríona, nach bhfuil?"

"Tá," arsa Eithne. Bhí sí ag coinneáil a lámha timpeall ar Chaitríona. Shílfeá go raibh sí ag iarraidh seilbh a ghlacadh ar an gcailín eile.

Ansin bhain an cloigín dorais, agus gheit an triúr acu. Chuaigh Donncha ag oscailt an dorais do na cuairteoirí nua, agus lean Eithne léi ag féachaint le héirí ceart craicinn a chur ar Chaitríona. Thug sí póg i ndiaidh póige di, agus í ag tumadh leathláimhe isteach faoin tuáille le colainn an chailín eile a chuimilt. D'fhág Caitríona cead a méar ag Eithne, nó cé nach raibh ach beagáinín éirí uirthi, ba mhaith léi an teas a mhothaigh sí ón mbean eile. Bhí sí breá sásta go raibh aon duine eile—girseach dheas ar nós Eithne—chomh doirte sin di féin.

"Ó, an tusa atá anseo.... Seo Aodán, a chailíní, agus an fear nua, an fear cúthail a raibh muid ag trácht air.... Séamas atá ort, nach bhfuil? Agus ansin atá Lasairfhíona agus Nábla!"

Chualathas guth Lasairfhíona ón doras. "Sea, tháinig mé mar a gheall mé. An bhfuil na cailíní eile ann cheana?"

"Tá. Tá Eithne agus Caitríona ann."

Séamas? Bhuel, ainm é sin atá ar fhear as gach cúigear sa chathair seo. Níor oscail Caitríona súil, d'fhéach sí le sult a bhaint as lámha Eithne a bhí díreach ag scrúdú bhéal a faighine. Le fírinne, áfach, níor ghlac Caitríona ach trua leis an gcailín eile. Ba léir go raibh saint de chineál éigin ag Eithne bhocht inti, ach má bhí sí ag tabhairt faoiseamh láimhe do Chaitríona anois, ní raibh a dhath chomh miorúilteach sin faoi: bheadh sé chomh maith aici an obair a dhéanamh í féin.

"CAITRÍONA!"

D'aithneodh Caitríona an guth sin taobh thiar de bhalla trom soiminte. Séamas a bhí ann, dáiríre!

Phreab Caitríona ina seasamh agus d'amharc sí roimpi. Agus creid é nó ná creid chonaic sí Séamus, Séamus s'aici féin, ansin ina steillbheatha os a comhair.

"Cad é a thug anseo thú?" ar seisean léi.

"Bhuel níor tháinig tásc ná tuairisc uait ar feadh na seachtaine, agus bhí mé ag dul as mo mheabhair le teann ragúis i ndiaidh na hoíche a bhí againn le chéile. Tú féin céard atá tú a dhéanamh anseo? Cén fáth nach ndeachaigh tú i dteangmháil liom?"

"Ní raibh do sheoladh agam, agus níor éirigh liom súil a fháil ort sa tsráid arís."

"Ach tá tú anseo anois," arsa Caitríona. Bhí sí ina craiceann dearg, agus an tuáille fágtha i lámha Eithne.

"Tá muis," a d'fhreagair an fear, agus é ag breathnú go domhain i súile an chailín. Ní raibh mórán clúdach ar a cholainn féin, agus bhí an bod ag ardú a chinn go feiceálach ó scáth na braillíne.

"An bpógfá mé," ar sise go gealgháireach.

"Phógfainn agus fáilte," ar seisean, agus chuir sé beart lena bhriathar.

Níor thóg sé ach cúpla nóiméad orthu cromadh ar an gcomhriachtain ab fhiaine, ab fhíochmhaire dá bhfaca fraitheacha an tí seo riamh. Le fírinne, nuair a chonaic Donncha iad agus a raibh ar siúl acu, d'iompaigh sé a shúile uathu go dea-bhéasach, agus é ag labhairt os íseal leis an gcuid eile acu:

"Ní bheadh sé cuí ná óraice againn cur isteach orthu. Téimis suas an staighre."

Ba leor nod don eolach. D'imigh an chuid eile acu ón bparlús gan mhoill—amach ó bhean amháin, Eithne. D'fhan sí tamall ag féachaint ar an lánúin ar an urlár ag bualadh craicinn beag beann ar an gcuid eile den ollchruinne, agus tháinig na deora léi.

"Tar anois, le do thoil," a d'impigh Lasairfhíona uirthi go séimh, agus í ag breith ar leathlámh léi.

Lean Eithne í, ach má lean féin, ní dheachaigh aici a súile a thógáil de Chaitríona.

"Chomh deas dathúil léi," ar sise, agus tocht ina glór.

www.ingramcontent.com/pod-product-compliance
Lightning Source LLC
Chambersburg PA
CBHW030522260626
47157CB00005B/1843

* 9 7 8 1 7 8 2 0 1 0 2 7 2 *